DREAMBOOKS

DREAMBOOKS

DREAMBOOKS

시니어 신무협 장편소설
ORIENTAL FANTASY STORY & ADVENTURE

일보신권
17

dream books
드림북스

일보신권 17 장건이 창궐하지 않도록

초판 1쇄 인쇄 / 2013년 8월 30일
초판 1쇄 발행 / 2013년 9월 6일

지은이 / 시니어

발행인 / 오영배
책임편집 / 편집부
펴낸 곳 / (주)삼양출판사 · 드림북스

주소 / 서울특별시 강북구 솔샘로67길 92
대표 전화 / 02-980-2112 팩스 / 02-983-0660
편집부 전화 / 02-980-2116 팩스 / 02-983-8201
블로그 / blog.naver.com/dreambookss

등록번호 / 제9-00046호
등록일자 / 1999년 3월 11일

ⓒ 시니어, 2013

값 8,000원

(주)삼양출판사 · 드림북스의 서면 허락 없이는 어떠한
형태나 수단으로도 이 책의 내용을 이용하지 못합니다.

ISBN 978-89-542-4980-5 (04810) / 978-89-542-3281-4 (세트)

* 지은이와 협의하에 인지는 생략합니다.
* 잘못된 책은 구입한 곳에서 바꾸어 드립니다.

이 도서의 국립중앙도서관 출판시도서목록(CIP)은 서지정보유통지원시스템 홈페이지(http://seoji.nl.go.kr)와
국가자료공동목록시스템(http://www.nl.go.kr/kolisnet)에서 이용하실 수 있습니다.
(CIP제어번호: 2013016066)

시니어 신무협 장편소설
ORIENTAL FANTASY STORY & ADVENTURE

일보신권

장건이 창궐하지 않도록

dream books
드림북스

일보신권

목차

제1장 오십 년 만의 세상 나들이 007

제2장 달빛 아래의…… 053

제3장 아직 끝나지 않았다 087

제4장 장건이 창궐하면……? 129

제5장 대도무문(大道無門) *181*

제6장 조언을 구하다 *209*

제7장 강호의 격변 *249*

제8장 장건의 첫 출근 *289*

제1장

오십 년 만의 세상 나들이

아침 공양이 지나고 해가 서서히 중천으로 떠오른다.

소림사의 대문이라 할 수 있는 일주문의 앞에 장건과 하분동이 함께 있었다.

한참을 말없이 서성이다가 장건이 물었다.

"정말 괜찮으시겠어요?"

하분동이 그제야 고개를 돌려 장건을 쳐다보았다.

"지금 뭐라고 했느냐?"

"아니, 아까부터 가지 않으시고 거기서 안절부절못하고 계시길래요."

하분동은 코웃음을 쳤다.

"내가?"

아무래도 자기가 뭘 하고 있었는지도 모르는 모양이었다. 장건이 생각하기엔 적어도 이 다경 이상이나 산문에서 밖으로 못 나가고 갈팡질팡하고 있었는데 말이다.

장건은 한숨을 쉬면서 다시 물었다.

"제가 같이 가 드릴까요?"

하분동이 왈칵 눈살을 찌푸렸다.

"쓸데없는 소리!"

하분동은 어이가 없다는 듯 소리를 질렀다.

"도대체 나를 뭐라고 생각하는 거냐? 에잉!"

하지만 버럭 성질을 냈음에도 불구하고 바로 발걸음을 떼지는 못한다.

장건이 조그맣게 한숨을 내쉬자 하분동은 헛기침을 했다.

"흠흠."

잠깐의 어색한 시간이 지나고 하분동이 장건을 쳐다보았다. 하분동은 무언가를 말하려는 듯 입을 우물거리다가 그냥 고개를 돌렸다. 그러고는 고개를 돌린 채로 말했다.

"모쪼록 남은 기간 잘 보내거라."

"노사님……."

하분동은 그렇게 짧은 인사를 건네고는 걸음을 옮기기 시작했다.

장건은 자신이 인사할 시간도 주지 않고 떠나는 하분동

의 뒷모습을 보면서 입을 삐죽 내밀었다.

"한번 놀러 오라고도 안 하시구······."

성격이 원래 그런 건 알지만 그래도 떠나는 마당이라 약간 섭섭했다. 어쨌거나 이제야 정말 승려가 아닌 속가제자로서의 삶을 시작하는, 진정한 의미로서의 첫날이 아닌가 말이다.

가야 할 사람을 가벼이 보내는 건 보내는 사람의 의무라지만, 장건에게는 하분동이란 사람의 존재가 작지만은 않은지라 마음이 온통 허전하기만 하다.

장건은 다시 한숨을 크게 내쉬고는 중얼거렸다.

"그나저나 난 어쩌지."

사실은 하분동을 보내면서 약간 불안한 마음도 들었다. 소림의 명망 있는 고승과 함께 십 년을 보내야 하는 것이 장건의 운명이었다. 그런데 그동안 의지하던 고승이 갑자기 일반인이 되어 소림을 떠나 버린 것이다.

지금이야 그냥 고승이 많은 소림사에만 붙어 있어도 별 큰일은 생길 것 같지 않다고 자위했지만, 그래도 하필이면 제일 믿고 따르던 이가 환속하여 떠나 버렸으니······. 불길한 생각을 하지 않으려 해도 저절로 불안해질 수밖에 없는 장건이었다.

이런저런 생각으로 장건이 걸음을 못 떼고 한참을 서성 거리는데 외원에서부터 원호가 젊은 승려 한 명과 함께 걸어 나왔다.

"어? 방장 사백님?"

"사숙은 가셨느냐?"

아직도 입버릇이 남아 있는지 하분동을 사숙으로 부르는 원호였다.

"예. 조금 전에 가셨어요."

"흠. 조금 늦었구나."

"많이 늦으신 거 같은데요. 가긴 좀 전에 가셨는데 기다린 건 한참이셨거든요."

"안다. 그래서 혹시나 하고 왔는데……."

"네?"

원호가 잠깐 생각하더니 옆의 승려에게 말했다.

"뒤따라가 보거라."

"예."

젊은 승려가 하분동을 뒤쫓아 경공까지 사용해서 산문을 나갔다. 장건이 어리둥절해서 물었다.

"무슨 일이라도 있으세요?"

"내가 미처 생각지 못한 게 있었구나."

'흐음' 하고 원호가 낮은 콧숨소리를 냈다.

"생각해 보니까 사숙에게 전표를 쥐여 드린다고 해서 될 일이 아니었던 것 같아서 말이다."

"왜요?"

"아마 사숙이 소림사 밖으로 나가신 게 근 육십 년 만에 처음일 것이다."

"아……?"

그러고 보니 하분동은 아미파의 여승이었던 운려와 그런 일이 생긴 후, 사부 홍오와 사이가 틀어져서 소림에 틀어박혀 살게 되었다. 그 이후로는 한 번도 밖을 나간 적이 없었던 것이다.

"사숙이 나이는 많으시지만 세상 물정은 모르실 거란 얘기지. 아무래도 절 내 생활과 바깥은 다르지 않겠느냐. 세간을 처음부터 다 장만하셔야 할 텐데 그것도 보통 일은 아니실 거다. 하여 선현각의 제자 한 명을 딸려 보낸 게다."

선현각은 대외적인 일을 보는 곳이라 그에 소속된 승려들은 세상 돌아가는 일에 익숙하다.

"사숙모께서 어련히 알아서 하시겠느냐마는 아무래도 몸이 불편하시니 선현각의 제자가 함께 있는 편이 도움이 되겠지."

장건이 곰곰이 생각하다가 고개를 저었다.

"글쎄요……."

"응? 내가 눈치 없이 두 분을 방해하는 것 같으냐?"

원호는 자기가 말을 해놓고도 승려답지 못했다고 생각했는지 금방 조그맣게 불호를 외웠다.

장건이 잠깐 기다린 후 대답했다.

"그런 건 아니구요. 노사님이 과연 그러실까 해서요."
"그건 무슨 말이냐?"
장건은 고개를 설레설레 저어 버렸다.
"아뇨. 그냥 제 생각이 틀렸으면 좋겠어요."
"이상한 소리를 하는구나."
원호가 의아해하는데 금방 산문을 나갔던 선현각의 승려가 다시 되돌아오는 모습이 보였다. 승려의 얼굴에 당혹감이 그대로 드러나 있다.
"어째서 그냥 돌아온 게냐? 사숙을 모시고 다녀오라 했거늘."
"그게……."
승려가 난처한 표정으로 대답했다.
"도대체 당신을 뭘로 보는 거냐고 화를 내시면서…… 됐으니까 당장 가라고……. 그래서 방장 사백님의 명이라고 말씀을 드렸는데도, 워낙 완고하셔서 어쩔 수 없이……."
"허어! 그렇다고 그냥 오느냐? 무조건 따라갔어야지."
원호의 말에 승려는 더욱 낭패한 얼굴이 되었다. 그건 마치 '제가요? 다른 사람도 아니고 굉목 사숙조를요?' 하고 되묻는 듯한 표정이었다.
물론 실제로 그렇게까지 생각하는 건 아니고, 그냥 그렇게 하기 어려웠다는 마음이었을 터이다. 원호도 충분히 그런 마음을 이해하기에 한숨을 내쉬고 말았다.

집안의 무서운 어르신이 한순간에 막내 사제가 되었다고 그 무서움이 어디 사라지랴? 오히려 관계가 요상하게 역전된 것이 난감하면 난감했지, 전혀 도움이 되진 않는 것이다.

원호조차도 하분동을 어찌 대해야 할지 껄끄러워 직접 대면하는 일을 기피하고 있거늘!

"휴우."

원호의 한숨에 승려가 눈치를 살피며 변명했다.

"불같이 화를 내시는데 저로서는 도저히 어떻게 할 수가 없었습니다. 그렇다고 사문의 어르신 뒤를 몰래 쫓기도 어려워…… 아니, 그러니까 이젠 사문의 어르신은 아니지만……."

횡설수설하다가 말문이 막힌 승려가 고개를 푹 수그렸다.

"죄송합니다……. 방장 사백님의 명을 어겨서……."

"끄응."

원호가 머리를 짚었다. 소림의 최고권을 가진 방장의 명을 이행하지 않은 것도 문제이지만, 생각해 보면 예전의 자신도 그러했다. 뭐라고 하기엔 스스로도 머쓱했다.

원호는 무심코 장건을 쳐다보았다. 장건은 이렇게 될 줄 알고 있었다는 표정이었다. 역시나 소림에서 하분동을 가장 잘 아는 건 장건이다.

"어찌해야겠느냐? 사숙을 그냥 보내드려도 될지 모르겠구나."

"저도 잘 모르겠어요. 하지만 옆에서 누가 뭐라고 하든 그 말을 들으실 분은 아니죠."

"돈 몇 푼 덤터기를 쓴다거나 길을 잃고 헤매신다거나 하는 건 문제가 아닌데, 그분의 성격 때문에 다른 시비라도 생기지 않을지 그게 걱정이다."

장건도 걱정이었다. 원호는 덤터기를 써도 문제가 아니라고 했지만 하분동이 그걸 용납할 리가 없다. 사기를 당했다며 길길이 날뛰고 시비가 붙을 게 뻔히 보인다.

"제가 따라가 볼까요?"

"네가?"

"예."

원호가 찝찝한 눈빛을 했다.

하분동을 가장 잘 아는 건 장건이지만 그렇다고 장건이 믿을 만하냐, 그러면 그건 또 아닌 것이다.

장건 자체가 사건 사고를 상징하는 이름이 아닌가!

게다가 세상 물정 모르는 건 하분동이나 장건이나 피차 일반일 테고.

"네가 꼭 못 미더워서 그런 건 아니다만……."

"제발요, 사백님. 네?"

"흐음."

원호가 곰곰이 생각해 보니 더 이상 사고가 터질 빌미는 없는 것 같다. 소림의 인근에 남아 있을 만한 무림인들도 거의 없을 터이니.

"알았다. 하나 너 혼자는 안 된다. 도와줄 사람을 한 명 데려가거라."

"도와줄 사람요?"

"왜, 널 돕는 소저들도 있고 그렇지 않으냐. 사숙의 손녀도 있고. 아무튼 가서 지켜보기만 하거라. 무슨 일이 생기면 네가 직접 나서지 말고 이쪽으로 알려주어야 한다. 알겠느냐? 절대로 사고 치지 마라. 이건 명령이고 부탁이다. 또 무엇보다……."

원호가 장건의 어깨를 붙들고 말했다.

"술 마시지 마라."

"예…… 예! 하하……."

장건은 머쓱하게 웃다가 잽싸게 고개를 숙이고 합장을 했다.

"그럼 다녀오겠습니다!"

기다렸다는 듯 장건이 달려 나갔다. 예의 특유의 미끄러지는 듯한 보법으로.

그야말로 눈 깜짝할 사이였다. 원호가 몇 가지 더 주의를 주려 했으나 그럴 만한 틈도 없었다.

"후우우. 이놈이나 저놈이나 나는 안중에도 없고."

오십 년 만의 세상 나들이 17

원호의 한탄에 옆에 있던 선현각의 승려가 죽을상을 하며 다시 고개를 숙였다.
　"죄, 죄송합니다."
　"됐다. 예부터 종묘사직이 제대로 서야 임금의 권위도 선다 했다. 하물며 사문의 위계가 엉망이 되었는데 내 입으로 권위를 말한들 그게 세워질 것도 아니고."
　원호는 다시금 옅은 한숨을 내쉬었다.
　어쩌면 이런 꼴 저런 꼴 다른 사람들에게 안 보이게 소림사가 '기능 정지' 중인 게 다행인지도 몰랐다.

*　　　*　　　*

　하분동은 산 중턱의 오두막에 들렀다가 운려를 만나고는 다시 마을로 내려갔다.
　본래 하분동은 살 집을 구하러 내려간 것이었는데 거기다 한 가지 목적이 더 있었다. 자신의 내상을 다스릴 약이 필요했다. 본래 소림사에도 비축된 약재들이 좀 있긴 했으나, 나오면서까지 신세를 질 순 없었다. 게다가 이번에 또 진산식에 찾아온 향객들에게 아낌없이 내주면서 창고마저 텅 비어 버렸다.
　결국 하분동은 약재를 사서 스스로 약을 지어 먹기로 했는데, 이게 또 문제였다. 사실 세상 물정에 어둡다 보니 살

집을 스스로 구하는 것만도 하분동에게는 적잖이 부담스러운 일이었던 터였다.

거기에 약재상까지 들러야 한다는 건 두 배, 세 배로 부담이 가중된 셈이었다.

하지만 그 정도의 간단한 일을 못 하겠다고 하는 것도 우스운 일이 아닌가! 어차피 앞으로도 마을에서 사람들과 부대끼며 살아야 하는데.

"흠."

하분동은 귀찮음이 극에 달한 표정을 지었다. 어딘가 모르게 불안한 느낌이 있었지만, 애써 그것을 스스로 부정하는 듯한 태도였다.

"이까짓 것."

이라고 조그맣게 중얼거리면서도 사실은 아까부터 마을 어귀에 서서 더 들어가지 않고 있는 중이었다.

하분동은 속가라고 해도 경내에서 무공을 배우지 않고 속세로 나가는 것이기 때문에 수수한 평상복에 두건을 쓴 상태였다. 복장만 봐서는 뭐 하는 사람인지 모를 정도로 평범하다.

그러나 분위기가 일반인과는 전혀 다르다. 단전을 다쳐 내공을 잃었다지만, 오랜 세월 수련을 거르지 않고 살아왔기 때문에 허리가 꼿꼿하고 등이 널찍이 펴졌으며 두 눈에서는 정광이 매섭게 빛난다.

오십 년 만의 세상 나들이 19

바늘로 찔러도 피 한 방울 안 나올 듯한 깐깐한 얼굴로 눈을 부릅뜨고 생각에 잠겨 있는데 어딘가 모르게 살벌한 분위기가 풍긴다.

한참을 그렇게 서 있으니 오가던 사람들이 하분동을 힐끔힐끔 쳐다보며 멀찍이 피해 지나간다.

그러나 정작 하분동은 왜 사람들이 자기를 쳐다보며 눈치를 살피는지 알지 못했다.

"음?"

문득 지나가던 한 남자아이와 하분동의 눈이 마주쳤다. 대여섯 살이나 되었을까 싶은데 흙장난을 하다가 돌아가는지 손발이 흙투성이고 소매나 옷깃도 다 떨어져서 더러웠다.

하분동은 저도 모르게 인상을 썼다.

깡말라서 강퍅한 얼굴이 더 심하게 찡그려졌다. 늘 깔끔하고 청결하게 살던 습관이 있어서 그런지 아이의 더러움이 눈에 거슬렸던 것이다.

"엄마아!"

아이는 무시무시한 하분동의 얼굴에 놀라서 엄마를 부르짖으며 달아났다. 근처에 있던 아이 엄마가 달려와서 아이를 부둥켜안고는 날 선 목소리로 외쳤다.

"아이한테 무슨 짓이에요!"

"……."

뭐지?

하분동은 황당했으나 화를 낼 일은 아니라서 괜찮다고 손을 들어 보였다.

"아무 짓도 하지 않……."

"손 저리 치워욧!"

찰싹!

아이 엄마는 하분동의 손을 후려치더니 대경실색해서는 아이를 안고 달아나듯 도망가 버렸다.

"……."

하분동은 손을 반쯤 들어 올린 채로 멈췄다.

무안하기도 무안했는데 굉장히 부당한 대우를 받은 느낌이었다. 보는 사람의 눈살을 찌푸리게 만든 것은 더러운 아이였는데?

"음……."

산을 내려가기 전에 운려가 말했다. '앞으론 좀 웃는 연습을 하셔야겠어요.' 라고.

쓸데없는 소리라며 일축했는데 그게 아닌가 보다.

무서워하는 아이의 모습에 장건의 모습이 겹쳐 떠올랐다. 장건을 처음 만났을 때다. 장건은 무서워서 겁먹은 어린 새처럼 오들거리며 떨었다.

"그런가……?"

자신의 얼굴을 매만져 보았다. 딱딱하다. 너무 경직되어 있다. 이런 얼굴로는 누구라도 무서워하고 싫어할 게 분명하다.

하분동은 오가는 사람들을 천천히 살펴보았다. 무표정한 사람도 있고 찡그린 사람도 있고 웃는 사람도 있다.

앞으로는 저들 틈에서 살아야 하는 것이다.

산중에서 혼자 살 때야 그럴 일이 없었지만, 사람들 사이에 섞여서 부딪치지 않고 원만하게 살아가려면 웃는 표정을 연습할 필요가 있는지도 모른다.

그게 사람들과 함께 살아간다는 행위의 첫걸음일 것이다.

이젠 사실상 한집안의 가장으로서 가정을 안정적으로 책임져야 하는 부담감도 있었다. 괜히 사람들과 안 좋은 얼굴로 티격태격하면서 '가족'에게 심려를 끼치는 것도 가장으로서 할 일은 아니란 생각이 드는 것이다.

"으음."

겨우 산 하나 내려왔을 뿐인데 벌써 많이 다른 것을 느낀다.

그래, 새로운 세상에서 살아가려면 그에 걸맞은 행동 양식을 익힐 필요가 있지 않겠는가!

하분동은 약간 망설였으나, 곧 새로운 세상에 적응하기 위해 노력하기로 했다.

그 일환으로 '웃어 보기'를 선택했다.

언제 웃어 보았는지 기억도 안 났지만.

예전 강호에는 웃는 얼굴로 사람을 죽인다고 해서 소면마귀(笑面魔鬼)라거나 하는 별호의 마두들도 있곤 했다. 웃으면서 사람도 죽인다는데, 웃는 거, 그까짓 게 뭐가 그리 어려울까.

"……."

하분동은 뺨을 만지면서 입꼬리를 올려 보기도 하고 내려 보기도 했다.

어떻게 웃는 거였더라……?

어떤 얼굴을 해야 하더라?

"허?"

갑자기 당황스러워졌다.

그냥 웃을 때는 몰랐지만 일부러 웃으려고 하니 어떻게 웃어야 하는지 막막한 느낌이었다.

하분동은 자기도 모르는 사이에 또 인상을 쓰고는 고민했다. 머리에 부처상이 떠올랐다. 염화미소(拈華微笑)를 상징하는 부처의 온화한 미소는 승려들이 꿈꾸는 최고의 얼굴 표정이다.

이왕 웃어야 한다면 부처의 웃음을 따라 하는 것도 나쁘지 않다 싶다.

하분동은 손을 떼고 얼굴 근육만으로 입꼬리를 올려 보았다.

씰룩씰룩.

생각보다 쉽지 않다.

그래도 부처님처럼 온화한 미소는 아주 크게 웃을 필요가 없으니 좀 연습하다 보면 보는 사람이 거북하진 않을 정도는 될 것 같다.

하분동은 자꾸만 처지는 입꼬리를 들었다 내렸다 하며 주위를 둘러보았다.

마침 동네 아낙이 지나가고 있었다.

어차피 약재상들이 있는 거리까지 길도 물을 겸 하분동은 동네 아낙을 불렀다.

"이보시오."

"네?"

동네 아낙은 슬쩍 경계 어린 표정을 지었다.

그러나 방금의 아이처럼 달아나지는 않았으므로 하분동은 재빨리 연습했던 미소를 지었다.

히…… 히죽.

눈과 눈썹은 찡그린 채인데 입만 웃었다.

누가 봐도 억지로 웃는다는 게 티가 나는…… 하지만 정작 본인은 모르고 있는 그런 표정이었다……. 그것을 누가 보았다면 분명히 비슷한 예로, 걸을 때 팔과 몸통은 가만히 있고 발만 움직이는 장건과 똑같다고 외쳤을 터였다…….

하분동은 웃는다고 웃었지만, 생전 처음 보는 외간 남자의 영혼 없는 웃음을 본 동네 아낙의 얼굴에는 더욱 경계심이 짙어졌다.

사실 이곳은 소림사의 바로 앞에 있는 마을인 만큼 눈만 뜨면 무림인들을 볼 수 있는 동네였다. 때문에 칼자국이 있는 얼굴이든 험상궂은 얼굴이든 마을 주민들은 그다지 신경을 쓰지 않는 편이었다.

게다가 소림사가 지척이다. 어지간히 간이 붓지 않고서야 소동을 피우는 무림인들이 있을 수가 없다. 그러니 겉보기에 무림인이라고 무작정 무서워할 이유도 없었다.

하지만 제정신이 아닌 무림인이라면 얘기가 좀 다르다. 언제 고삐가 풀린 살인귀가 될지 모르는 것이다.

이상한 표정으로 한참을 우두커니 서 있질 않나, 아이를 괜히 겁박해 울리질 않나, 그리고 험악한 얼굴로 무슨 생각을 하는지 숨기기 위해 억지웃음을 짓지 않나.

당연히 지켜보는 사람이 불안할 수밖에!

아낙의 얼굴은 서서히 두려움으로 물들었고, 하분동은 자신의 웃음이 부족한가 해서 좀 더 크게 입을 늘려 웃었다.

그간 너무 웃질 않았기 때문에 웃는 표정을 만드는 게 좀처럼 잘 되지 않았다.

움찔, 움찔.

"……"

곧 얼굴 근육이 여기저기 경련을 일으켰다. 얼굴에는 팔십 개나 되는 잔근육들이 있다. 워낙 평소에 사용하지 않던 근육이라 힘이 없어서 바들바들 떨렸다.

"흡!"

하분동은 얼굴에 더욱 힘을 주었다. 자꾸 입꼬리가 내려가려 해서 더 힘을 주었더니 얼굴까지 시뻘게지고 있었다.

"헉!"

아낙이 공포에 질린 얼굴로 하분동을 쳐다보았다.

웃는다는 게 생각보다 어렵자 하분동은 재빨리 용건을 말했다.

"말 좀 물읍시다."

"제, 제게 무슨……."

아낙이 몸을 움츠리며 물러섰다.

"겁먹지 마시오. 그저 말을 물을 뿐이외다."

한데 억지로 웃는 표정을 짓고 있다가 말까지 시작했더니 안면 근육이 더 심하게 떨리기 시작했다.

파르르르.

"약재상이 모여 있는 거리가 어느 쪽에……."

파르르르!

자꾸만 얼굴이 떨리자 하분동은 귀찮아져서 자신의 뺨을 후려쳤다.

철썩!

"꺄아아악!"

아낙이 기겁을 했다.

"사, 사, 살려주세요! 꺄아악!"

아낙은 그대로 줄행랑을 놓았다.

"……."

아까부터 거듭 비명이 들려오자 주변의 사람들을 비롯해서 멀찍이 있던 이들도 전부 다 하분동을 쳐다보았다.

개중에는 하분동과 눈이 마주치면 고개를 돌리거나 멀찍이 떨어지는 이들도 있었다.

하분동은 자신을 쳐다보는 사람들을 향해 다시 웃어 보였다.

파르르르.

"난 아무 짓도 하지 않았소. 괜찮소. 괜찮다니까……."

파르르르르.

"에잉!"

철썩!

그 순간 몇 명이 더 시야에서 멀어졌다.

하분동은 더 이상 웃지 않기로 했다.

화가 났다.

역시 사람은 생긴 대로 살아야 하는 법이다!

"에이잉!"

하분동은 옷자락을 힘껏 팍 털고는 아무 데로나 발길 닿

오십 년 만의 세상 나들이 27

는 대로 걷기 시작했다.

　소림을 버리고 쉽게 살아갈 수 있단 생각은 하지 않았다.

　그러나 세상 적응은 생각보다 고달플 것 같았다.

　　　　　　　＊　　　＊　　　＊

　장건은 하연홍과 함께 하분동을 지켜보고 있었다.

　하연홍은 딱히 내켜 하진 않았으나 운려가 다녀오라고 권하자 어쩔 수 없이 승낙했다. 함께 가고 싶다던 제갈영이 아쉬워했을 뿐이다.

　그렇게 마을까지 따라 내려와 한참 하분동의 행동을 보고 있던 하연홍이 의아해했다.

　"왜 저러시는 거지?"

　그냥 걸어가다가 아무나 붙들고 길을 물으면 그만인데, 한참 갈팡질팡하며 마을로 들어서지도 못하더니 나중엔 스스로 뺨을 때려서 사람들을 쫓아내기까지 하는 게 아닌가.

　하분동이 보기엔 정말 이해할 수 없는 행동이었다.

　그러나 장건은 아무렇지 않은 표정으로 대답했다.

　"원래 좀 이상한 거 많이 하시는 분이야."

　"으…… 응?"

　하연홍은 엉겁결에 뭐 잘못 들었나 해서 장건을 쳐다보았다.

누가 누구더러 이상하다고 하는 거지?

하지만 장건의 진지한 표정으로 보아 정말로 그렇게 생각하고 있음이 확실했다.

하연홍이 조심스레 물었다.

"저기, 어디가 이상하신데?"

"음, 그러니까……."

장건은 옛날 굉목의 행동들을 떠올리며 대답했다.

"빗자루를 쓰지도 않을 거면서 가져다 놓으신다거나, 독경을 소리 안 내고 읽으신다거나, 옷이 해질까 봐 움직이지 않으신다거나…… 흙 묻은 채소를 씻지도 않고 꼭 세 번만 털어서 드신다거나…… 꾸짖고 화내고 퉁명스럽게 그러시면서 사실 속으로는 걱정하고 계신다거나."

듣고 있던 하연홍의 표정이 묘해졌다.

"좋다는 거야, 나쁘다는 거야?"

"이상하다는 거야."

"……그, 그래?"

하지만 하연홍은 쉽사리 동의할 수가 없었다. 장건이 아니라 다른 사람이 한 말이었다면 백 번이고 옳다 하겠는데, 장건이 한 말이라는 게 신빙성을 떨어뜨렸다.

그때 하분동이 움직이기 시작했다.

"아, 가시나 보다. 따라가자."

장건과 하연홍은 다시금 은밀하게 하분동의 뒤를 쫓기

시작했다.

* * *

이촌(李村)은 대도시는 아니지만 소림사에서 가장 가까운 마을이다. 소림사의 각종 행사에 수천 명이 몰려와도 문제없이 숙박할 수 있는 많은 객잔들과 크고 작은 무관이 있다.

특히 무인들이 자주 왕래하는 탓에 의원(醫院)과 약방(藥房)이 거리를 이루고 줄지어 늘어서 있어 환자들에게는 명소로 각광받기도 했다. 약도(藥都)라고까지 불리는 하북성의 안국 시장에 비할 바는 아니나, 그에 못지않게 대단한 성세를 이루고 있는 곳이었다.

하분동의 기억 속에 있는 오십 년 전의 모습하고는 많이 달랐다. 굉장히 발전해 있었던 것이다.

만약 사람들까지 바글거렸다면 하분동은 정신을 차릴 수 없을 정도로 당황스러웠을지도 모른다.

하나 최근 소림사가 봉문에 가까운 처지로 전락하면서 사람들의 발길이 거의 끊기고 말았다. 무인들이 소림사를 찾아올 일도 없어졌고, 일반 참배객들은 관부가 두려워 오지 않는다.

거리는 한산하고 사람은 드물었다.

하분동은 휘적휘적 마을 중심가에 들어서서 잠시 걸음을 멈추었다. 커다란 대로가 한가운데를 관통하고 그 옆으로 가지가 돋아나듯 길이 뻗어 있었다.

길을 따라서 이, 삼 층의 객잔과 각종 가게들이 즐비하고 한쪽으로는 약방들이 수두룩했다.

어떻게 약방 거리까지 잘 찾아오긴 한 모양이다.

그런데 막상 오니까 너무 많아서 어딜 들어가야 할지 갈피를 잡을 수가 없었다.

수십 년간 하분동의 인생에서 선택지는 늘 소수였다. 무엇을 하더라도 둘 이상의 선택지가 필요 없는 삶이었다. 그나마 장건이 오기 전까지는 늘 살던 대로 살아서 선택지마저 없었다.

저렇듯 많은 약방들 중에 어딘가 한군데를 골라서 들어가야 한다는 생각만으로도 괜한 심리적 압박이 느껴졌다.

게다가 상인이란 게 어디 보통 사람들인가?

하분동의 생각에 상인이란 세 치 짧은 혀를 놀리는 데 있어서는 가히 무림 고수들에 비해서도 전혀 부족함이 없는 이들인 것이다.

"음."

하분동은 무뚝뚝한 표정으로 잠시 거리를 주시하다가 이내 멈추었던 걸음을 다시 옮겼다.

잠깐 고민하다가 일단 눈에 보이는 가장 첫 약방을 선택해서 들어갔다.

이름이 소림약방(少林藥房)이었다. 이름에 소림이 붙었다고 소림사에서 운영하는 약방이 아닌 것은 당연하다. 하분동은 이름부터가 마음에 들지 않아 인상을 썼다. 하지만 반면에 친숙함을 느낀 것도 사실이었다.

"실례하겠소이다."

긴장된 어조로 하분동이 말을 건넸다.

말린 약초가 줄줄이 걸려 있는 약재상의 안에는 나이가 지긋한 주인이 마루에 앉아서 또각또각 말린 감초 뿌리를 썰고 있었다. 주인은 하분동을 위아래로 훑어보고는 느긋하게 일어섰다.

"어서오슈. 어떻게 오셨수?"

하분동이 주문했다.

"경옥고(瓊玉膏)를……."

별다른 얘기도 하지 않았는데 주인이 하분동을 위아래로 훑어보며 말했다.

"경옥고 비싼데……."

하분동의 눈썹이 꿈틀했다.

"사러 왔으니까 물어보는 거 아니오?"

"그야 그렇지만……."

주인은 하분동이 이해할 수 없는 태도로 다시 말했다.

"경옥고에는 값비싼 삼이 두 근 반, 생지황이 열여섯 근이나 들어간단 말이오. 거기다 숙련된 직공이 삼 일을 한시도 쉬지 않고 불 앞에서 항아리를 돌보면서 열기와 수분을 정확히 맞춰줘야 그 약효가 온전히 배어나게 되니 그 공임이 또……."

하분동은 별 이상한 사람을 다 보겠다는 투로 주인을 쳐다보았다.

"재료만 사러 온 것이오."

"응? 그러시오?"

주인이 고개를 슬쩍 갸웃거렸다.

"어쩐다……. 우리 집에서는 재료만 따로 팔지 않는데."

슬슬 짜증이 치밀기 시작했다.

"여기 약재상 아니오?"

주변에 온갖 말린 약재들이 널려 있었다.

"그러지 말고 한 통 싸게 드릴 테니 들고 가시오. 우리 집 경옥고가 이 근방에서는 최고로 알아주는……."

하분동은 가만히 주인을 쳐다보았다.

시작부터 이 모양인가?

몹시 피곤했다. 그냥 달라는 걸 주면 되고 없으면 없다고 하면 되지 뭘 이리저리 말을 돌리는지!

그것도 자그마치 소림이란 이름을 달고서!

하분동의 싸늘한 표정을 보고 주인이 '알았수. 그럼 재료만 챙겨드리리다.' 라고 말했으나 하분동은 이미 듣고 있지 않았다. 하분동은 더 말을 섞는 것도 귀찮아져서 그냥 가게를 나와 버렸다.

하분동이 아무 말 없이 나가 버리자 주인이 황당한 얼굴로 따라 나와 외쳤다.

"어? 이보슈! 손님! 그냥 가면 어떡하오? 아, 금방 준비해 준다니까 그러우. 열 냥! 한 항아리분에 열다섯 냥 어떻소? 아, 손님! 그럼 열세 냥! 열두 냥!"

이미 하분동은 소림약방의 옆집에 들어가 있었다.

이번엔 좀 더 간결하고 정확하게 말했다.

"경옥고에 들어갈 약재를 사러왔소."

쥐수염을 한 주인이 손을 비비면서 은근한 눈길로 하분동을 보고 물었다.

"얼마까지 알아보고 오셨습니까?"

"……뭐라고 했소?"

"다른 데서 얼마까지 듣고 오셨나 해서요."

이건 또 무슨 경우인지!

물건을 사러 왔는데 물건값을 손님에게 묻는 건가?

하분동은 하도 어이가 없어서 쥐수염 주인을 쳐다보았다.

"당신네 가게에서는 사람에 따라 가격이 다른가 보오?"

"에이, 그럴 리가 있겠습니까요. 더 좋은 가격으로 해드리려고 하는 것이지요, 헤헤."

하분동은 그냥 나와 버렸다.
뭔가 잘못되었다.
내가 잘못된 것인가, 세상이 잘못된 것인가.
자꾸만 더러운 기분이 들어 참을 수가 없었다.
"어, 손님? 손님?"
쥐수염의 주인도 먼젓번의 주인처럼 하분동을 잡으려고 이 말 저 말을 던졌지만 하분동은 귀를 틀어막은 것처럼 아예 듣지도 않았다.
그렇게 가게에서 나와 막막한 심정으로 서 있는데 갑자기 한 중년의 남자가 하분동에게 다가왔다.
"뭘 찾으시는 중입니까, 어르신?"
미간이 좁아 어딘가 모르게 인상이 마냥 좋아 보이지만은 않은 남자였다. 하분동은 인상을 찌푸린 채 말했다.
"경옥고를 지을 약재를 사러 왔소."
"아하, 그러시군요. 그럼 저희 가게로 오시지요."
싹싹한 말과 달리 하분동은 별로 내키지 않았다.
"글쎄……."
"일단 와서 가격만 보고 가시죠. 이리저리 다니시는 것보다 저희 가게에서 한번 알아보시는 게 훨씬 나을 겁니다. 제가 장담합니다. 괜히 돌아다니셔서 봐야 다리 아프게 고생만 하고 정작 좋은 상품은 싸게 못 구하십니다. 차라리 저희 가게로 오시면 제가 최대한 맞춰드리죠."

오십 년 만의 세상 나들이 35

"흠."

"오셔서 견적이라도 한번 내보시고요, 물건도 좀 보여드릴 테니 보고 가십쇼. 사실 여기 앞쪽 가게들은 다 중개상에게 물건을 받아서 쓰는데 저희는 약초꾼들하고 직거래를 합니다. 무조건 최상품만 팝니다. 당연히 가격도 저렴하고요. 긴말 필요 없이 보시는 순간 여기 물건들하고는 품질 자체가 다르다는 걸 알게 되십니다. 약이란 게 이름만 같다고 다 같은 약재냐? 아니죠. 같은 약재라도 품질에 따라 그 효험이 천차만별입니다. 일단 보기만 하십쇼. 만약에 후회하신다, 품질이 별로다? 그러면 제가 그~냥 공짜로 드리겠습니다."

"공짜로?"

왠지 솔깃했다.

"아, 그럼요. 저희 가게가 삼대째인데 이제껏 품질 하나만 믿고 장사했습니다. 그 정도의 신용 없이는 장사 안 해버립니다."

"호오……."

공짜로까지 준다고 하니 믿어볼 만하다는 생각이 들었다. 당연히 공짜로 받을 마음은 조금도 없었지만, 나름대로 물건을 팔겠다고 이 정도의 성의까지 보이니 그 점은 마음에 들었다.

어차피 어딜 가도 시세를 잘 모르니 제대로 된 거래를 하긴 어려울 터. 그나마 말이나 통하는 데로 가서 얘기를 해 보는 게 나을 수도 있었다.

"가 봅시다."

"예예, 잘 생각하셨습니다. 절 따라오시지요."

중년 남자는 몇 개의 가게를 지나 두어 번의 골목길을 돌아 약간 후미진 곳으로 갔는데, 그곳 역시 크고 작은 약재상과 약방들이 줄줄이 늘어서 있었다. 중년 남자는 그중에서도 한 곳의 허름한 약재상으로 들어갔다.

"자자, 동생. 여기 손님 오셨네!"

안쪽에서 삼사십 대로 보이는 남자가 나왔다. 중년 남자는 남자에게 가 작은 소리로 귀엣말을 하더니 '내가 모신 손님이니 잘 해드려. 알았지?'라면서 하분동에게 인사를 하고 다시 어디론가 사라졌다.

혼자 멀뚱히 남은 하분동은 조금 황당해서 이게 무슨 일인가 하고 있었다. 뭔가 아리송했다.

"저 사람이 주인 아니었소?"

"아, 형님이십니다. 가게는 제가 보고 있습죠."

"음."

동생이라는 가게 안의 남자가 공손하게 허리를 숙이고 손짓했다.

"이쪽으로 오시죠. 경옥고 제조에 필요한 약재를 찾으신다고요?"

"그렇소."

"잘 오셨습니다. 저희 집이 원래 백 년 전통의 비법으로 경옥고를 제조하기로 유명한 집입니다."

"비법은 필요 없고 그냥 본래 쓰는 약재만 살 것이오."

남자가 가게 안을 손으로 휘젓듯 몸짓을 해 보였다.

"예예, 그러믄입쇼. 보시다시피 저희 가게 약재들은 최상품 중의 최상품입니다. 그냥 있는 약재를 쓰셔도 정말 몇 배의 효험을 보실 겁니다."

사실 대부분 말린 약재들이라 겉으로 봐서 좋은 것인지 아닌지 하분동이 구별할 능력은 없었다.

하분동은 대충 둘러보다가 고개를 끄덕였다.

남자가 주판을 꺼내 들고 주판알을 튕기기 시작했다.

"그럼 견적을 한번 내드리겠습니다. 그러니까 경옥고에 들어가는 게…… 지황 열여섯 근. 요게 요즘 시세로 넉 냥인데 저희가 확보한 물량이 많아서 그냥 딱 잘라 두 냥 반에 드리고, 인삼 분말 세 근이면 여섯 냥은 받아야 하는데 그냥 네 냥 반에 해드리면 될 거 같고…… 복령이랑 꿀은 네 냥으로 쳐서 전부 합하면 열한 냥인데……."

남자가 잠시 말을 늘어뜨리다가 주판을 흔들었다. 차르륵, 주판알이 흐트러졌다.

"다 해서 열 냥 반, 아니 딱 열 냥에 해드리죠. 본래 열한 냥에 해드리려 했는데 다른 데랑 똑같다고 하시면 여기까지 모시고 온 의미가 없어지니까, 안 그렇습니까?"

하분동은 얼떨결에 '그렇소.' 하고 대답했다. 상인의 말은 다소 과장되어 있었으나 처음 들어간 집에서 열두 냥에 판다고 붙들려고 했으니 열 냥이라면 두 냥이나 싸게 사는 셈이었다. 은자 한 냥이면 꽤 큰돈인 것이다.

"자, 그럼 열 냥으로 해서 챙겨드리도록 하지요. 진짜 거저 드리는 겁니다. 어떠십니까, 괜찮으시죠?"

시세는 잘 모르지만 대충 생각했을 때도 비싸게 사는 것 같지는 않았다.

"그렇게 주시오."

"잘 생각하신 겁니다. 아, 혹시 어르신 인덕이 있단 말씀 못 들어 보셨습니까?"

그런 말을 하분동이 들어 봤을 리가 없었다.

"없소."

"에이, 그럴 리가요. 딱 보니까 굉장히 인품이 느껴지시는 게 제가 장사하는 동안 오늘처럼 이익을 안 남기고 팔고 싶기는 처음이더라고요."

"흰소리 말고 물건이나 챙겨주시오."

흰소리인 걸 알면서도 은근히 기분이 좋아지는 하분동이었다. 이런 것이 장사꾼의 넉살인가 보다.

"예예. 금방 챙겨드립죠. 아, 참?"

남자가 생각난 듯 물었다.

오십 년 만의 세상 나들이

"결제는 은자로 하실 거지요? 전표로 하시면 전장에서 바꿀 때 수수료가 들어서 이 가격에 못 드립니다. 이거 진짜 싸게 해드리는 거라 저희가 수수료 내고 뭐 내고 하면서는 가격을 맞춰드릴 수가 없어요."

하분동으로서는 처음 듣는 얘기라 자못 당황스러웠다. 수중에는 소림사에서 받아온 전표밖에 없었다.

"전표로 낼 것이오."

남자가 곤란한 얼굴을 했다.

"아무리 이익을 안 남긴다 하더라도 손해를 보면서까지 장사를 할 순 없지 않겠습니까……. 이왕 하시는 김에 은자나 현찰로 하시죠. 현찰로 하시면 포장비는 공짜로 해드리겠습니다."

"으음…… 하지만 가진 게 전표뿐이라."

"아아, 그러면 이 바로 건너에 전장이 있으니까 저희가 사람을 시켜서 현찰로 바꿔다 드리죠. 어차피 다른 데서 물건을 사시더라도 수수료를 내셔야 하는데 그러면 전장 환전 수수료보다 좀 더 내셔야 하니까, 그냥 지금 전장에서 환전하시면 수수료도 더 싸고 저희가 포장도 공짜로 해드리고, 훨씬 이득이지요."

하분동은 잠시 망설이다가 대답했다.

"그리합시다."

"잘 생각하셨습니다. 환전해 오는 데에 촌각도 걸리지

않을 테니 너무 걱정하지 마시고요. 그 사이에 제가 물건을 챙겨드리면 되니까……."

하분동이 삼십 냥짜리 전표를 내밀자 남자가 심부름꾼 한 명을 불러 환전을 해 오라 시켰다.

"심부름료는 저희가 부담할 테니 신경 쓰지 않으셔도 되고요. 자, 이제 그럼 약재를 챙겨드리기만 하면 되는군요. 이거 포장도 보들보들한 최상급의 죽피(竹皮)로 해드리는데 아무나 해드리는 거 아닙니다. 원래 대충 잡목(雜木) 껍데기를 쓰는 데가 많거든요. 제가 특별히 손님께만 해드리는 겁니다."

"고맙소."

남자가 저울에 추를 달면서 죽피에 약재를 싸기 시작했다.

"약재라는 건 비율이 정확해야 효과가 나는 법이라 제 마음대로 더 넣어드리고 그러지는 못하니 이해해주십시오."

"알고 있소."

"아, 그런데 혹시 지황은 그냥 건하(乾芐)로 드리면 됩니까?"

"그건 무슨……."

"보통은 말린 지황, 건하를 드리는데, 경옥고를 직접 제조하신다고 하면 생지황을 드려야 하거든요."

"그게 무슨 차이가 있소?"

"경옥고라는 건 음양이 조화로워 몸을 해치지 않는 약이란 말씀입니다. 인삼은 기혈에서 양기를 보충하는 역할을 하고 지황은 음혈을 보충하여 음양의 조화를 이루는 것이지요. 그런데 말린 지황은 이미 햇볕에 노출되어 양기를 머금은 탓에 음기를 보하는 성질이 적어져서 인삼과 어우러지지 못하게 되지요. 그래서 굳이 생지황으로 즙을 내 씁니다."

"경옥고를 직접 만들 거요."

"그렇다면 생지황을 가져가셔야 하는데……."

소림사의 약당에서 만들어 준 것만 먹었지 직접 만들어 본 적은 없어서 하분동도 잘 몰랐다.

"생지황이 더 비싼 것이오?"

"아닙니다. 그런데 이걸 제대로 즙을 내는 게 어려우실 거 같아서 드리는 말씀입니다. 아까 말씀드렸듯이 약재는 비율이 정확해야 합니다. 보통 손님들은 그냥 생지황을 갈아 가지고 짜서 즙을 내면 되지 않느냐 하시거든요? 한데 정작 저희가 나중에 보면 제대로 즙을 내시지 못해서 양이 한 삼 할은 부족해지더란 말입니다. 게다가 즙을 짜고 남은 찌꺼기니 흙이니 하는 불순물들이 다 약 안에 들어가 있고……. 막 그런데도 나중에 저희한테 오셔서 약효가 안 난다는 둥 하시면, 어휴! 손님이나 저희나 서로 피곤하지 않겠습니까? 그러니까 제 얘기는, 그렇게 서로 피곤하고 얼굴 붉히고 할 바에야 그냥 딱 저희가 즙을 짜서 정확한 분량의 원액을 원가에 내드리면 손님도 좋고 우리도 좋고, 그런 말씀이지요. 이게 사기가 아니라, 다른 데 가 보셔도 저렴하게 약재만 파는 가게는 생약만 팔고 말거든요. 그러면 나중에 다른 데 가서 즙을 따로 내면서 또 돈을 많이 내셔야 돼요. 그럴 바에야 그냥 저희가 해드린다는 말씀이죠. 이게 본래 공임비랑 하면 세 냥은 더 받아야 하는데 그냥 원가로 두 냥에 해드릴게요. 대신 이것도 현찰로 하셔야 하고요. 즙을 담는 항아리는 혹시 가져오셨으면 거기 담아 드리는데, 없으시죠? 에이, 저희랑 몇 번 거래하신 분들은 보통 항아리도 챙겨서 가져오시는데, 할 수 없죠. 그럼 항아리는 그냥 한 냥만 주시고요. 이건 저희도 시장에서 사오는 거라서 원가만 받고 드리는 겁니다. 생지황즙이 변질되지 않도록 좋은 흙으로 빚어서 아홉 번 구워 만든 항아리고요. 혹시 항아리 가격도 원래 포함되어 있는 거 아니냐고요? 너무 비싸다고요? 아이고, 손님 물정 너무 모르시네. 이게 비싸면 사람들이 왜 손님처럼 재료를 사겠습니까. 그냥 다 만들어진 경옥고를 사고 말지. 저희는 필요한 재료만 딱 저렴하게 해드리는 거고요, 다 되어 있는 걸 팔면 가격이 얼마나 많이 오르는데요. 그냥 필요하신 분들에 한해서 무료 봉사 차원으로 원가에 추가해서 드리는 겁니다요. 필요하지 않으시면 저희도 권하지 않죠. 아아, 하시겠다고요. 잘 생각하셨습니다. 원래 항아리 위에 새지 말라고 기름 먹인 유지(油紙)를 덮거든요, 생지황즙으로 하시면 이것도 제가 그냥 공짜로 해드릴게요."

하분동은 멀뚱하게 얘기를 듣고 서 있었다.

"아, 그리고 꿀은 어떻게 드릴까요. 꿀요, 꿀. 이게 꿀을 그냥 넣기도 하지만 필요하시면 저희가 꿀을 가공해서 하얀 덩어리로 만들어 드리거든요? 이걸 백밀련(白蜜煉)이라고 하는데, 들어 보셨죠? 어휴~ 어느 게 더 좋냐니요. 그냥 꿀에 비해서 당연히 이게 더 좋죠. 꿀에 물기가 있으니까 이걸 경옥고로 만들려고 졸이다 보면 아무래도 불 조절이 잘 안 돼서 실패하시는 분들이 많거든요. 그러면 뭐가 됩니까? 돈 조금 아끼려다가 다 타고 그래서 망해 버리면 비싼 돈 그냥 완전히 날리는 거죠. 큰돈 주고 경옥고를 사 먹지는 못한다 하더라도 돈 조금 더 줘서 안전하게 먹어야 의미가 있는 거 아니겠습니까? 이건 그렇게 많이 하지도 않아요. 남기는 것도 없이 한 냥 반만 받을 테니까 하시는 게 좋다고 권해드리는 거예요. 백밀련으로 하시면 대신 꿀 가격에 포함되어 있던 호리병 값, 이백 전은 빼 드릴게요. 백밀련은 죽피로 포장해드리고요. 이렇게 다 해서 팔아봐야 저희 몇백 전 남지도 않아요. 제가 진짜 손님 인상이 너무 좋아 보이시고, 앞으로도 저희 단골이 될 거 같으니까 이렇게 싸고 정직하게

다 공개하고 해드리는 겁니다. 아, 백밀련으로 하시겠다고요? 예예, 잘 결정하셨습니다. 알겠습니다. 제가 백밀련을 넣은 대추차 한 잔, 거래 기념으로 타드릴 테니까 그거 드시면서 조금만 기다리시면 포장 다 해드릴 거고요. 어…… 저기 환전하러 갔던 친구도 오는군요. 그럼 금방 챙겨드릴 테니…… 아참, 그리고 혹시……."

* * *

멍…….

하분동은 양손에 잔뜩 약재를 들고 가게 앞에 서 있었다. 항아리며 죽피로 싼 약재들이며…….

"안녕히 가십시오, 손님. 또 필요한 거 있으시면 언제든지 오셔서 말씀만 하십쇼. 제가 무조건! 다른 데보다 팍팍 싸게 해서 드리겠습니다. 또 오십쇼~."

남자가 허리를 굽실거리며 인사를 했다.

하지만 하분동은 여전히 뭔가에 홀린 표정을 짓고 제자리에 가만히 서 있었다.

"……."

뭔가 이상한데, 뭐가 이상한지 특정해서 말을 할 수가 없었다.

하분동은 양손에 든 약재들을 번갈아 보았다. 그냥 주인의 얘기만 듣고 있었을 뿐인데 어느 순간에 이렇게……

처음엔 분명히 싸게 잘 샀다고 생각했는데……?

그런데 어째서 다 계산하고 나니까 열여덟 냥이나 들었지?

너무 많이 써 버렸다는 생각을 지울 수 없었다. 이 돈은 이를테면 하분동이 소림사에서 지낸 삶, 그 평생을 돈으로 환산한 값이라고 할 수 있었다. 함부로 마구 쓸 돈은 아닌 것이다.

아무리 하분동이라 하더라도 이쯤 되면 당황스럽다. 하분동은 오만상을 다 찌푸리고 있다가 막 들어가려는 남자를 불러 세웠다.

"잠깐."

"예? 왜 그러십니까? 뭐, 더 필요하신 거라도."

하분동은 약재들을 내밀고 말했다.

"물러 주시오."

"네, 네에?"

남자는 말도 안 된다는 표정으로 웃었다.

"으하하하! 지금 저랑 장난하십니까, 손님? 한번 사신 걸 어떻게 물러드립니까."

"됐으니까 그냥 물러 주시오."

"에이, 그건 손님에게 딱 맞춰서 해드린 건데 그걸 물러드리면? 한번 포장해 놨던 걸 누가 사가겠습니까. 손님 같으면 사시겠어요?"

"훼손된 것도 아니고 먹은 것도 아니니 상관없잖소."

"아휴, 되도 않는 소리 하지 마시고 가십쇼. 더 깎아달라고 그러시는 거면……. 에이, 알았습니다. 멀리까지 오신 거 같은데 큰맘 먹고 차비조로 오십 전 내드리죠. 대신 다음에 꼭 다시 이용해 주셔야 합니다?"

남자가 오십 전어치 동전을 내밀었지만 하분동은 거들떠도 보지 않았다.

"아니. 그냥 물러 주시오."

"아, 이 손님이 진짜? 최저가로 깎아가면서 손해까지 보고 해드렸는데 뭐가 불만이시래?"

남자의 언성이 높아졌고 하분동의 목소리도 덩달아 높아지기 시작했다.

* * *

장건과 하연홍은 가게 옆에 숨어서 그 광경을 다 지켜보고 있었다.

하연홍의 얼굴은 붉어져서 새빨간 홍시처럼 되어 버렸다. 아랫입술까지 꼭 깨물었다.

"창피해……."

장건이 보기에도 조금 그렇긴 했다. 물건을 흥정하던 도중도 아니고 다 사놓고 물러달라는 건 올바른 일이 아닌 것 같았다.

"그래도 포장만 했을 뿐이니까 약재가 상한 것도 아니고…… 물러 주지 않을 이유는 없는 거 같은데……."

"이유가 있지. 처음부터 왕창 씌울 셈이었으니까."

"응?"

하연홍은 발을 다 동동 굴렀다.

"너 생각엔 저게 정상인 거 같아? 포장을 공짜로 해준다는 둥 손해를 보고 깎아준다는 둥?"

"뭐? 그럼 그게 다 거짓말이란 말야? 하지만 어떻게……."

소림사가 지척에 있는데 대놓고 사기를 칠 수 있느냐고 묻고 싶었는데, 하연홍은 장건의 생각을 읽은 것처럼 말했다.

"소림사의 영역이라서 더 문제인 거야. 설사 사기란 걸 알았어도 항의하고 따질 수 있겠어? 간이 보통 크지 않으면 소림사의 영역에서 난동을 피우거나 하긴 어려울걸? 그렇다고 이게 또 완전한 사기는 아니고 솟봐서 생긴 일인데 누구한테 따지겠어. 쉽게 말하자면 바가지를 쓴 거라구. 우린 원래 그 가격에 판다, 그러면 소림사에서도 뭐라고 못하잖아."

"하지만……."

"하지만이 아냐. 내가 아미산에서 약당 일을 해봐 가지고 아는데, 경옥고 재료는 일곱 냥이면 살 수 있어. 대체 물건을 팔면서 포장비를 받는 경우가 어디 있니? 넌 그게 말이나 된다고 생각해? 그리고 경옥고 재료를 달라고 하면 원래 처음부터 생지황은 즙액(汁液)으로 주고 꿀도 말려서 하얀 가루나 덩어리로 줘. 죽피? 최고급 죽피는 무슨…… 사방에 널린 게 대나무인데!"

하연홍은 쉴 새 없이 말을 내뱉었다.

"그렇다고 막 물러달라고 그러는 건 더 창피해. 막무가내로 저러는 거 정말 싫어. 그러니까 차라리 나한테 부탁을 하면 되잖아. 아무것도 모르시면서 괜히 내려와 가지고 저러시는 이유가 뭐야?"

"그야…… 부탁하기가 어려우니까 그렇겠지. 아무래도 노사님은 아직 어려워하시는 거 같더라고."

"……."

하연홍은 그냥 입을 다물었다. 하지만 표정은 풀어지지 않았다.

그 사이 하분동과 약재상 남자는 '이놈 저놈'은 물론이고 '손님, 맞을래요?'라는 말까지 오갈 정도로 감정이 격해졌다. 하연홍은 아예 얼굴이 홍시가 되어서 고개를 들지도 못하고 있었다.

"저런 사람이 내 할아버지라니…… 싫어……."

"연홍아……."

결국 하분동은 세 냥을 더 깎고 나서야 실랑이를 멈추었다. 그렇다고 해도 하연홍이 보기에 바가지를 쓴 건 그대로지만, 어쩐지 하분동은 만족한 듯한 표정으로 약재상을 떠나갔다.

어찌 보면 그렇게 물러달라고 난리를 친 덕분에 종국엔 가격을 더 깎을 수 있었던 셈인지라, 하연홍의 얼굴은 더 빨개질 수 없을 정도로 빨개져 있었다.

그리고 곧 하분동이 보일 듯 말 듯 뒷모습을 보이며 멀어지자 가게의 남자는 욕설을 날리며 침을 뱉었다.

"별 거지 같은 영감탱이가 다 나타나서 장사를 방해하네. 에이, 재수 없어. 가다가 벼락이나 맞아 죽어라. 퉤퉤!"

그 말에 장건은 울컥 화가 났다.

숨어 있던 장건이 벌떡 일어났다. 그러곤 남자를 향해 말을 걸었다.

"저기요!"

"어이쿠, 어린 손님이네. 뭐 보러 왔니? 한번 알아보고 가. 이 아저씨가 그냥 완전 염가로 싸게 해줄게."

"그게 아니구요! 아저씨, 지금 뭐라고 하셨……."

그때 갑자기 하연홍이 바람처럼 나타나서 가게 남자의 정강이를 걷어찼다.

"에이잇!"

빡!

"으아앗! 뭐, 뭐냐. 너희들! 아이고, 내 다리 부러졌다!"

"아무리 먹고살기가 힘들다 하더라도 그렇죠! 사람을 속이고 뒤에서 욕하는 건 어떤 이유로도 정당화될 수 없다구요!"

"이 꼬마가 뭐라는 거야! 아이고!"

남자가 정강이를 붙들고 쿵쿵 뛰었다. 전문적으로 무공을 익히진 않았지만, 명문 정파인 아미파에서 배운 가닥이 있는지라 제법 정확하게 정강이를 때린 모양이었다.

"어어어……."

장건은 뜻밖이라 놀라서 하연홍을 쳐다보았다.

하연홍이 당황하면서 말을 얼버무렸다.

"할아버지 때문에 그런 게 아냐. 네, 네가 사람을 때리면 큰일 나니까 내가 대신 때려준 거야."

남자가 눈물 콧물 범벅이 된 얼굴로 바닥을 구르며 소리쳤다.

"아이고, 이놈들이 멀쩡한 사람 잡네! 임 형, 장 형! 좀 나와 보시오!"

"무슨 일이야!"

"어이, 왕 형! 왜 그러오?"

사방의 가게에서 사람들이 뛰쳐나오기 시작했다.

"뛰자!"

하연홍이 장건의 손을 잡고 쌩하니 달아났다. 원래 혼자

달아나는 게 더 편하고 빨랐지만 장건은 이상하게도 하연홍의 손을 거부할 수 없었다. 그저 '어어?' 하면서 끌려가듯 따라갈 뿐이었다.

그 뒤로 가게 남자의 악에 받친 소리가 퍼부어졌다.

"너희들 잡히기만 해봐라! 치료비에 보상까지 다 받아낼 테다! 어미아비가 와서 무릎 꿇고 빌어도 소용없어! 꼬마 놈들이라고 봐줄 줄 알아? 어디 달아날 수 있나 두고 보자!"

제 2장

달빛 아래의……

 하분동은 바로 돌아가지 않았다. 약재를 줄줄이 손에 들고는 왔던 길을 돌아가다가 한 가게 앞에 섰다.
 가게에는 곱게 치장한 몇몇 부인들이 있었는데 하분동을 힐끔힐끔 쳐다보며 저마다 수군거렸다.
 하분동은 가게 안으로는 들어가지 않고 밖에서 한참을 서 있었는데 뭔가 망설이는 것 같았다. 가뜩이나 인상까지 험악한데 가게 밖에서 그러고 있으니 분위기가 좋을 리 없었다. 가게 안에 있던 부인들은 꺼림칙한 얼굴로 가게를 나가 버렸고, 가게 주인인 듯한 중년의 여인이 참다못해 하분동에게 다가왔다.
 "이보세요. 여기서 왜 그러고 계시는 거예요?"

달빛 아래의…… 55

하분동의 얼굴 표정이 살짝 일그러졌다.
"음. 그러니까…… 음……."
"아니, 어르신이 거기서 그러고 계시니까 오던 손님들도 다 달아나잖아요."
"그게 말이오……."
하분동의 딱딱한 얼굴 어딘가에 약간의 홍조가 맺히면서 난감해하는 눈빛이 드러났다.
그게 더욱 이상해서 중년의 여주인은 떨떠름한 표정으로 한 걸음을 물러났다.
"내, 내게 볼일이 있으신 거예요?"
"아, 아니오. 그게 아니라……."
그런데 그때 멀리서 고성이 들려왔다.
"저기 있다! 저 영감이 틀림없소!"
하분동과 여주인이 그 소리에 돌아보니 무인으로 보이는 남자 넷이 한 남자를 거의 들어 메듯이 하고 달려오는 중이었다. 업힌 남자는 하분동이 익히 아는 얼굴이다. 방금 약재를 산 약재상의 주인이었던 것이다.
"이 영감이 맞소! 이 영감이 억지를 써서 내 돈을 강탈해 간 건 물론이고 무공을 배운 패악한 아이들을 시켜 내 다리를 이 꼴로 만들었소이다!"
"아이들?"
하분동이 영문을 몰라 남자의 다리를 보니 정강이가 부

러졌는지 부목을 대고 고약을 잔뜩 붙여 놓았다.
"대체 무슨 일이오?"
"시치미 떼지 마시오! 당신, 아까 그 꼬마 놈들과 한패잖아! 여자아이 하나, 남자아이 하나!"
하분동이 눈살을 찌푸렸다.
"무슨 말인지 모르겠소만."
"백주대낮에 날강도 짓도 따로 없지! 소림사의 위명이 아무리 떨어졌대도 어떻게 다른 곳도 아니고 이촌에서 이런 일이 버젓이 자행될 수 있단 말이오! 구 관주가 내 억울함을 좀 풀어주시오."

남자가 억울한 표정으로 고래고래 소리를 지르는데 구 관주라 불린 중년의 무인이 앞으로 나섰다. 근엄한 얼굴에 날카로운 눈빛을 가진 자였다. 멋들어진 콧수염을 길렀는데 오십 대 정도임에도 분위기는 마치 어딘가 모르게 지체 높은 사람처럼 고귀한 느낌을 풍겼다.

구 관주라 불린 무인이 하분동을 훑어보았다.
"나는 여기 이촌에서 작은 무관을 운영하고 있는 구이남이란 사람으로 소림사의 속가제자올시다. 혹시 무공을 배우셨다면 귀하의 사문이 어딘지 여쭈어도 되겠소?"

이름도 아니고 사문부터 묻는 건 그만큼 소림이란 이름이 주는 무게가 상대에게 큰 압박으로 느껴지기 때문이리라. 쉽게 말하자면 '넌 뭔데 우리 소림의 영역에서 까불어?'란 뜻이다.

하지만 하분동으로서는 쉬이 대답할 수 없는 문제였다. 일단은 파계승이란 것을 알리기가 부끄러웠고, 소림에서 나오자마자 이상한 사건에 휘말려서 안 좋은 꼴을 보이는 것도 창피했다.

특히나 상대도 소림의 속가제자라 하니 굳이 따지고 보면 현재 처한 상황상 자신의 사백숙쯤 되는 배분이 될 수도 있지 않은가. 여러 가지를 다 고려해도 가급적 신분을 드러내지 않고 일을 해결하는 것이 좋을 터였다.

"오해가 있는 것 같소. 첫째로 나는 저 치의 돈을 강탈해 간 적이 없으며, 둘째로 무공을 배웠다는 아이들에 대해서도 전혀 아는 바가 없……."

하분동은 말을 하다 말고 문득 말을 곱씹어 보았다.

무공을 배운 여자아이, 남자아이?

* * *

"거 봐! 말을 못 하지! 관계가 있는 게 틀림없다니까!"

약재상의 남자가 고래고래 소리를 질렀다. 구이남이 앞으로 한 걸음을 나왔다.

"우리 소림사를 아랑곳하지 않고 손을 썼으면서 사문마저 밝히기를 꺼려하니 아무래도 그냥은 넘어갈 수 없겠소이다. 일의 전후 사정을 모두 밝히기 위해 본 무관으로 잠시 따라와 주셔야겠소. 부디 협조하시어 굳이 서로 간에 얼굴 붉힐 불상사는 없도록 합시다."

명백한 위협이었다.

하분동으로서는 참으로 난감하지 않을 수 없었다. 신분을 밝힐 수도 없고 순순히 끌려가서 낭패를 당할 수도 없는 노릇이니.

"어쩌시겠소? 우리 소림사를 무시하고 힘을 써 보실 것이오? 아니면, 이 자리에서 피해를 본 상인에게 배상을 하는 것으로 해결을 볼 수도 있소이다."

구이남이 다리에 부목을 댄 남자에게 물었다.

"왕 형, 손해 본 금액이 얼마라 하셨소?"

"내게 강탈해간 돈이 열 냥! 다리를 부러뜨린 데 대한 보상금으로 다섯 냥! 해서 열댓 냥은 족히 받아야겠소이다!"

무인들이 슬슬 움직여서 하분동을 둘러싸기 시작했다.

하분동이 불편한 얼굴로 말했다.

"내가 잘못한 게 있다면 관아로 가는 것이 옳을 거외다. 그게 아니면 일을 보게 비켜주시오."

하분동의 옆쪽으로 다가오던 험상궂은 인상의 무인이 을러댔다.

"허, 이 노인네가 뭘 믿고 이러지? 겉으로 보기엔 비쩍 말라서 별로 힘도 쓸 것 같지 않은데."

다른 무인 둘이 맞장구쳤다.

"어이구…… 눈빛 보소. 눈빛만 보면 아주 사람 하나는 통째로 잡아먹을 것 같잖아?"

"어이, 살살 하자고. 얼굴이 해쓱한 게 어디 아파 보이는데 괜히 크게 다치면 그것도 골치 아프다. 아무리 우리 소림사를 업신여긴다고 해도 말이지."

하분동은 무인들의 말투가 무척이나 신경에 거슬렸다. 특히나 아까부터 자꾸 '우리 소림사'를 들먹이는 것이 매우 불쾌했다.

"말투가 돼먹지 않아서 소림의 제자인지, 길거리 왈패인지 모르겠군."

"뭐요?"

무인들이 눈에 쌍심지를 켰다.

"이 노인네가 보자보자 하니까?"

"감히 우리 소림사를 물로 봐? 우리가 그렇게 우습게 보여?"

또 들려온 '우리 소림사'라는 말에 하분동의 얼굴이 씰룩였다.

구이남이 중후한 목소리로 무인들을 말렸다.

"아우들, 경거망동하지 마시게. 우리 소림사의 제자들이 그만한 일로 화를 내서야……."

또다시 들려온 '우리 소림사'라는 말.

툭.

하분동은 조용히 손에 든 약재와 항아리를 바닥에 내려놓았다.

　　　　＊　　＊　　＊

장건과 하연홍은 조금 전부터 담벼락에 숨어 그 광경을 지켜보고 있었다.

사실 지금의 사태는 둘 때문에 벌이진 일이기도 한지라 둘의 마음은 편치 않았다.

하지만 하연홍은 애써 사태를 외면하려 하고 있었다.

"어떻게 가는 곳마다 시비를 일으킬 수 있지? 약재를 샀으니까 그냥 돌아갔으면 이런 일도 없잖아. 왜 저런 데 괜히 한참 동안 서 있어서 남의 장사를 방해하고 본인도 귀찮은 일에 휘말리냐고. 아이, 정말!"

사실 하분동이 가게 앞에 서 있던 시간은 이 각이 훨씬 넘었다. 누가 봐도 뭔가 이상하다 싶을 정도였으니, 장사꾼이 하분동을 찾아내려 했으면 금방 찾을 수 있었던 것이다. 물론 하분동은 이러한 일은 꿈에도 생각하지 못했을 테지만.

계속해서 투덜거리던 하연홍이 장건을 쳐다보았다. 상황이 자꾸 험악해지는데도 장건이 가만히 있었기 때문이다.

"저기……."

"왜?"

"그냥 있어도 돼?"

"응. 그냥 있어야 돼. 방장 사백님이 절대로 사고 치지 말라고 하셨거든. 아까도……."

"하지만 많이 다치셨다면서. 저러다가 시비라도 붙으면 어떡해?"

정말로 시비가 붙었다. 무인들이 성을 내면서 하분동을 둘러싸고 욕지거리를 해대기 시작했다.

하연홍이 눈에 띄게 안절부절못했다.

"단전을 다쳐서 내공도 없는데 무인들 여럿하고 싸우다가 잘못되면……."

장건은 살짝 웃었다.

"누가? 노사님이? 너 노사님을 걱정하는 거야?"

"그게…… 걱정되는 건 아니지만…… 그래도 다치시면 내가 귀찮게 간호도 해야 하고……."

하연홍이 우물쭈물거리자 장건이 안심하라는 듯 말했다.

"걱정하지 마. 노사님이 얼마나 무공이 센데."

"응?"

상황이 상황인데도 무공 얘기를 좋아하는 습성은 변하지 않은 모양이다. 하연홍의 눈이 반짝거렸다.

"할…… 아니, 저분이? 무공도 배우다 말았다면서."

장건은 뭔가를 생각해 보는 투로 고개를 약간 쳐들고는 말했다.
"원래 예전에도 소림에서 노사님보다 더 강한 사람은 그렇게 많지 않았어."
"뭐어? 그 정도나?"
하연홍은 믿지 못하겠다는 듯 고개를 갸웃거렸다.

*   *   *

선공을 가한 것은 하분동을 포위하고 있던 건장한 무인들이 아니었다. 하분동이 대뜸 왼손을 내밀어서 바로 앞에 있는 무인 한 명의 어깨를 틀어쥔 것이다.
무인이 흠칫하며 피하려고 했는데 피할 틈도 없었다. 뭔가 휙 하더니 어깨에 하분동의 손이 내려앉은 것 같았다.
"어, 어, 이 노인네가? 이거 안 놔? 아…… 아야야! 아프다고!"
하분동은 표정 하나 변하지 않고 그저 손만 뻗고 있을 뿐인데 쇄골 부위를 잡힌 무인은 오만상을 찌푸리며 비명을 질러댔다. 얼마나 고통이 극심한지 금세 말도 못 잇고 '악악!' 소리만 내면서 저절로 무릎을 꿇고 있었다.
곁에 있던 다른 무인 한 명이 놀라서 달려들며 주먹을 날렸다.

"그 손 못 놔! 이 영감태……."

하분동이 오른손을 내밀어서 무인의 주먹을 가볍게 비껴냈다. 하분동의 손이 뱀처럼 무인의 주먹을 타고 오르더니 손목이 아니라 팔뚝을 긁듯이 움켜쥐었다.

"으아악!"

흔히 사람의 몸에서 약한 부분이나 고통스러운 부분은 관절 근처에 있다. 가장 널리 알려진 데가 팔꿈치의 바깥쪽 곡지혈로 이곳을 점혈하면 극심한 통증과 함께 팔에 힘이 빠져서 쉽게 제압된다.

그러나 하분동은 그냥 팔뚝을 잡았다. 검지와 중지는 팔뚝 바깥쪽을 단단히 움켜쥐고 엄지는 팔뚝 안쪽, 팔꿈치에서부터 두 치가량 내려온 약간 오목한 부분에 푹 파고들어 있다.

공격하기가 어려워 일반적으로 노리는 부분이 아니지만 팔 하나를 거의 못 쓰게 만들 수 있는 급소 중의 급소, 지정혈(支正穴)이다.

"으악! 이, 이것 좀…… 으아아!"

두 명의 무인들이 비명을 질러대며 무릎을 꿇었다. 너무 아파서 눈물까지 줄줄 흘리고 있었다. 어떻게 반격할 생각도 하지 못하고 꼼짝없이 소리만 지르고 있는 게 이상해 보일 지경이다.

"흠."

하분동은 별로 힘도 들이지 않은 표정으로 코웃음을 쳤다.

때린 것도 아니고 공방을 펼친 것도 아니었다. 그저 가볍게 손만 뻗어서 두 명의 무인을 제압해 버린 것이다.

"에이 씨!"

한 명이 뒤로 돌아가서 하분동의 등으로 달려들었다. 땅을 박차고 날아올라 세차게 머리를 걷어찼다. 양팔을 모두 쓰고 있는 하분동은 달리 피할 길이 없어 보였다.

하마터면 몰래 지켜보고 있던 하연홍이 놀라서 소리를 지를 뻔했다.

그런데 하분동은 그리 당황하지도 않고 차분하게 한 손을 당겼다.

"악!"

어깨를 잡혔던 무인이 맥없이 질질 끌려왔다. 하분동이 허리를 틀어 회전하며 팔을 들자 무인도 덩달아 딸려왔다. 발꿈치로 겨우 설 정도까지 끌려 올라갔다. 그 바람에 뒤에서 날아오던 무인의 발차기는 자신의 편을 때릴 수밖에 없게 되었다.

"어어어!"

급하게 공중에서 발을 거두며 두 무인이 충돌했다. 하분동이 다시 어깨를 내리누르며 잡힌 무인의 오금을 차서 주저앉게 만들었다. 발차기를 하던 무인의 다리가 어깨를 잡

달빛 아래의…… 65

힌 무인의 겨드랑이에 교묘하게 끼이며 덩달아 낙하했다.

그 순간 하분동은 핑글 돌면서 다른 손을 당겼다. 팔뚝을 잡혀 있던 무인은 하분동의 회전에 끌려가다가 다른 무인들과 부딪쳤다. 하분동이 팔을 교차해서 허우적거리는 세 무인의 팔다리를 얽어 놓았다. 마치 한 덩어리가 된 것처럼 무인들이 얽혔다. 실로 눈 깜짝할 사이의 순간이었다.

하분동은 몸을 슬쩍 뒤로 뺐다가 힘껏 진각을 차며 손을 털어 버렸다.

"우아아아!"

"으갸갹!"

한 덩어리가 된 세 무인이 공처럼 뭉쳐서 튕겨나 구르더니 곧 흩어졌다.

*   *   *

하연홍은 벌린 입을 다물지 못했다.

"진짜다……."

소림사의 승려였으니 무공을 할 줄 모른다고 생각하지는 않았으나 이 정도일 줄은 몰랐다.

별것 아닌 가벼운 손짓으로 보였으나 실제로는 금나수의 절정이었다. 처음 어깨를 틀어쥘 땐 상대의 시각 바깥에서 두 번이나 궤도를 바꿨고, 상대의 주먹을 타고 오를 땐 그

짧은 사이에 손등과 손날, 손목을 세 번이나 두드려서 팔뚝을 내줄 수밖에 없게 흔들어 놓았다.

특히나 마지막의 한 수는 그야말로 무공을 모르는 사람이 보더라도 감탄할 만했다.

더 놀라운 건 그 모든 것이 내공을 이용하지 않고 가능했다는 점이다. 자신이 사용하는 수법에 대한 깊은 이해가 있음이 분명했다.

"와……."

하연홍의 감탄에 장건은 새삼스러울 것도 없다는 듯 말했다.

"매일 밥 먹고 저것만 하셨는데, 뭐."

"정말?"

무공을 수련하지 않았다던 세간의 소문과 달리 하분동은 남몰래 수련을 계속하고 있었던 것일까?

"이불 갤 때도 쓰시고 풀 뽑을 때도 쓰시고 우물에서 물 길을 때도 쓰시고…… 독경하실 때 책장을 넘기시면서도……."

하분동은 '내가 그랬나?' 생각할 수도 있겠지만 장건의 관찰에 따르면 하분동의 모든 행동에는 특정한 묘리가 숨어 있었다.

사실은 무공에 통달한 고수라면 대부분이 그와 비슷하다. 몸 자체에 무공의 깊은 묘리가 배어 있어 움직임 하나 하나가 그 묘리를 따른다.

 고수는 검집에서 검을 뽑는 동작만 보아도 알아본다는 게 그래서 나온 말이다. 하나의 동작에도 허투가 없어서 무엇을 하더라도 무공의 이치가 담겨 있다. 하지만 그것을 알아내는 것도 사실 쉬운 일은 아니다. 살아남기 위해 사소한 것까지 관찰하고 알아내려 한 장건이었으니까 볼 수 있었던 것이다.

 하연홍은 황당한 얼굴로 장건을 쳐다보다가 입을 다물었다. 다시 장내로 고개를 돌렸다.

 장정 셋을 가볍게 제압한 하분동이었으나 그의 앞에는 무관을 경영하고 있다는 구이남이란 사람이 남았다.

 눈빛이나 표정, 여유 있는 태도를 보아하니 결코 앞의 셋처럼 하수가 아닐 것이다.

 장건과 하연홍은 조용히 뒤이은 사태를 관망했다.

　　　　*　　　　*　　　　*

 하분동은 가슴을 편 채 대여섯 걸음을 떨어져 마주 선 구이남을 노려보았다.

 구이남은 약간 찌푸린 얼굴로 하분동과 나가떨어진 세 형제들을 번갈아 보고 있었다. 그의 형제들은 '아이고, 아이고. 나 죽네.'란 소리를 지껄였는데 누가 보아도 죽을 만큼 다친 것 같지는 않았다.

덜덜 떨면서 달라붙는 가게의 남자를 슬쩍 밀어낸 구이남이 나직하고 묵직한 목소리로 물었다.

"왜 굳이 먼저 손을 쓰신 것이오. 그대 같은 고수가……."

하분동이 좋지 않은 얼굴로 간결하게 대답했다.

"소림에 몸을 담은 사람들은 소림을 소림사라고 부르지 않소."

구이남의 표정이 순식간에 굳었다.

하분동이 말을 이었다.

"자꾸 우리 소림사, 우리 소림사 그러는데…… 나는 소림을 좋아하지 않는 사람이지만, 그래도 참을 게 있고 못 참을 게 있으니까."

소림에 속한 사람은 소림사라 부르지 않는다고 하면서 하분동은 '소림'이라 부르고 있다.

그게 무엇을 의미하겠는가!

하분동이 어떤 식으로든 소림에 관련된 사람이란 뜻이다!

하분동에게 사기를 쳤던 가게의 남자는 아예 얼굴이 하얗게 질려버렸고, 나가떨어진 세 남자도 신음조차 내지 않으며 눈만 데굴거리고 있었다. 소림의 앞마당에서 소림과 관계된 사람에게 사기 및 협박을 한 셈이었다!

모두의 눈이 하분동과 구이남을 향했다.

구이남이 물었다.
"그럼 설마 방금 그것이 용조수였소이까?"
"그렇소. 그러니까……."
하분동이 구이남을 보고 말을 이었다.
"이리 오시오. 당신들은 혼 좀 나야겠소."
하분동의 말로 미루어 보아 구이남은 사칭을 한 셈이다.
본래 거대 문파의 제자라 사칭을 하고 다니다가 걸리면 곱게 놓아주지 않는다. 문파를 사칭함은 곧 그 문파의 명예를 실추시키는 것이기 때문이다. 하물며 명예와 자존심을 목숨처럼 여기는 강호에서!
하지만 구이남은 조금도 위축되지 않았다. 오히려 피식 하고 웃기까지 했다.
"한 가지만 여쭈어도 되겠소이까?"
"하시오."
"소림사, 아니 소림에서 어떤 직책에 있으신지……."
"속가요."
"그러시군요. 혹시 이쪽에서 정착하려고 오신 것이기라도……."
"그렇다고 할 수 있소."
"흐흐."
하분동이 인상을 썼다. 도대체 얼마나 대단한 자이기에 저리도 오만하고 자신만만한 웃음까지 짓는 것일까?

더 대화를 나눌 필요성을 느끼지 못한 하분동이 성큼 걸음을 내디뎌 앞으로 다가갔다. 골격은 널찍하지만 바짝 마른 하분동에 비해 체격도 건장하고 눈높이도 한참이나 위에 있는 구이남이었다.

그러나 하분동은 조금도 개의치 않고 손을 뻗었다.

그 순간 구이남이 매서운 눈빛을 하더니 낮게 깔린 목소리로 부르짖었다.

"형님!"

멈칫!

막 손을 뻗던 자세 그대로 하분동이 멈춰 버렸다.

뭔가 잘못 들은 듯한데?

"뭐요?"

구이남은 하분동이 동작을 멈추자, 뒤로 한 걸음 물러나서는 양손을 모으고 더욱 공손하게 허리를 숙였다.

"형님."

"······."

지켜보던 모든 이들이 경악에 가까운 표정으로 구이남을 쳐다보았다.

'너무 뻔뻔하잖아!'

하나 구이남은 아랑곳하지 않고 더 경건한 목소리로 외쳤다.

"형님으로 모시게 해주실 때까지 허리를 펴지 않겠습니

다. 형님! 살려주십쇼, 형님!"

 행동과 비장한 표정만 보자면 사당에서 제를 지내는 듯한 경건함마저 느껴지는데 말투는 뒷골목에서나 볼 수 있는 삼류 잡배의 모습이었다!

 어이가 없어진 하분동은 뭐라 말할 수 없는 이상한 표정을 짓더니, 허리를 숙이고 있는 구이남의 뒤통수를 정통으로 후려쳤다.

 냅다!

*   *   *

 하연홍의 눈빛이 몇 번이나 바뀌었다. 장건이 옆에서 봐도 복잡 미묘하기 짝이 없는 얼굴이었다.

 "이제 그만 가자. 더 안 봐도 될 거 같아."

 "난 왜 저 가게 앞에서 계속 안 가고 계셨는지 궁금한데……."

 "난 알 거 같아."

 "뭔데?"

 "나중에 얘거해줄게."

 장건은 할 수 없이 고개를 끄덕였다.

 "알았어."

 장건이 생각하기에도 이제 하분동이 소림의 속가제자란

걸 밝힌 이상 더 큰 문제가 생길 것 같지 않았다. 게다가 생각보다 하분동이 세상에 잘 적응한 듯해서 왠지 모르게 좀 섭섭하기도 했다.

둘은 곧 몰래 자리를 빠져나와 오두막으로 올라갔다.

*　　*　　*

하분동은 쭉 뻗은 개구리가 되어 엎어진 구이남을 내버려두고 아까부터 눈여겨보던 가게 안으로 걸어갔다. 다리가 부러졌다던 약재상의 남자는 언제 달아났는지 벌써 보이지도 않았다.

하분동이 가게에 들어가자 여주인이 하분동을 좀 전과는 다른 눈빛으로 바라보았다.

하분동은 쭈뼛거리면서 말했다.

"저, 말이외다. 흠흠. 남우세스럽다 생각하지 말고 들어주시오."

헛기침을 몇 번이나 하고서 겨우 입을 열었다. 그것도 딴 데를 쳐다보면서.

"아까 지나가다가 우연히 들었는데 말이오. 저기 저 금실로 수를 놓은……."

갑자기 걸걸한 외침이 들려왔다.

"형님!"

"형니임!"

구이남과 세 동생들이 어느 샌가 가게 안까지 쫓아온 것이다.

"아이, 깜짝이얏! 왜들 남의 가게 안에서 소리를 지르고 그래욧!"

여주인이 앙칼진 목소리로 나무랐지만 구이남과 세 무인은 여주인을 안중에도 두지 않고 하분동을 향해 허리를 숙였다.

하분동이 떨떠름한 얼굴로 그들을 보며 저어했다.

"뭣들 하는 게요. 조금 전의 일은 눈감아 줄 터이니 다시는 그러지 말고 가시오."

"저, 정말입니까?"

"두 번 말하게 하지 말고 가시오."

하분동이 귀찮음을 드러내자 구이남과 세 무인이 서로 수군거리며 말을 나누었다.

본래 대문파 제자 사칭은 사지를 잘라내고 무공을 폐한다고 할 정도로 큰일인데, 이렇듯 쉽게 용서를 해주니 자신들로서도 오히려 당혹스러운 듯했다.

"형님!"

"허? 왜 또 그러시오?"

하분동이 정식 기명 제자가 아니라서 부담이 좀 덜해졌는지 넉살도 좋게 구이남이 말했다.

"앞으로 자주 뵐 사이일 수도 있는데, 저희가 잠시 잘못한 것은 사실이나 이대로 용서를 해주신다고 물러서기엔 면목이 없습니다."

"해서?"

"그러고 보니 아까 왕가 놈의 가게에서 덤터기를 잔뜩 쓰신 것 같던데, 저희가 가서 차액을 받아 오겠습니다. 왕가 놈도 형님이 소림사의, 아니 소림의 속가제자이신 걸 알면 부리나케 돈을 토해낼 겁니다."

"덤터기?"

"네. 왕가 놈이 아주 악랄해서 본래 가격의 서너 배를 받는 건 기본입니다. 사실……."

몇 냥이나 깎고 또 나중에 덤으로 세 냥이나 더 깎았으니 손해는 안 봤을 거라고 생각했던 하분동의 표정이 일그러졌다.

"그러든지 말든지 마음대로 하시오."

"감사합니다. 그럼 분골쇄신하는 마음으로 다녀오겠습니다. 애들아, 가자!"

구이남들이 우르르 몰려나가자 가게 안은 금세 조용해졌다.

"흠흠."

하분동이 아까 하던 말을 계속하기 위해 헛기침을 먼저 했다. 가게의 여주인이 물었다.

"저희 동네엔 처음 오시나 보죠?"

"그렇다고…… 할 수 있소."

"사람들은 칼부림이 난무하면 그게 강호라고 하는데 사실 치열한 걸로 따지면 여기가 진짜 강호라고 할 수 있죠. 먹고사는 것만큼 세상에 치열한 게 어디 있겠어요?"

연륜이 묻어나는 여주인의 말이었다.

"자, 그럼 뭐 드릴까요?"

"아, 그러니까……."

하분동은 쑥스러움을 감추며 애써 말을 꺼냈다.

* * *

하분동이 약재들을 양손에 잔뜩 들고 산중의 오두막으로 돌아온 것은 땅거미가 짙어진 저녁 늦게였다. 생각보다 굉장히 늦은 시간이었다.

"잠시 걸을까 하는데, 괜찮겠소?"

"그러시지요."

하분동은 운려와 밤 산책을 나갔다. 산책이라고 해도 운려의 건강이 좋지 않으니 오두막을 조금 벗어난 산길 공터가 고작이었지만, 적어도 오두막 안에 있는 세 소녀와 손녀의 이목은 피할 수 있을 터였다.

둘만 얘기하고 싶은 게 있다는 걸 알았기에—하분동이

그런 티를 팍팍 드러내고 있었기에— 세 소녀와 손녀도 차마 따라 나갈 수가 없었다.

하분동과 운려는 산 아래가 내려다보이며 달빛이 내리쬐는 작은 바위에 앉았다.

"흠흠."

하분동은 자기도 모르게 머쓱한 헛기침을 했다.

운려가 조용히 웃으면서 부드러운 목소리로 물었다.

"내려갔던 일은 잘되셨어요?"

"잘되었소."

"오랜만에 내려가신 건데 힘들진 않으셨구요?"

"괜찮았소."

너무 단답으로 대꾸한 탓인지 대화가 자꾸 끊겼다.

어색해진 하분동이 밤하늘을 올려다보았다. 막 구름을 벗어난 달이 주위가 어두워지는 만큼 더 또렷하게 밝아지고 있었다.

말을 자연스럽게 주고받기엔 세월의 간극이 너무 길었던 걸까? 하분동은 좀처럼 먼저 말을 꺼내지 못하였다. 그럼에도 죄인이자 남자이자 가장으로서 무언가 말을 해야 한다고는 생각하고 있었다. 그런 생각들이 더 압박이 되어 하분동을 긴장하게 만들었다.

푸훗, 하는 작은 웃음소리가 들려왔다. 하분동이 고개를 돌려보니 운려가 웃고 있었다.

"아이들 얘길 들어 보니 그리 평탄하진 않으셨나 본데요."

"아이들?"

그제야 하분동은 낮의 소동 중에 나온 '소년, 소녀'란 말이 어디서 연유했는지 깨달았다.

"이 녀석들이……."

하분동이 짐짓 인상을 쓰고 오두막 쪽을 힐끗 돌아보곤 고개를 돌렸다. 느낌 탓인지 누군가 쳐다보고 있는 것 같았다.

"흠흠…… 딱히 큰일은 아니었소."

"무슨 일이 있었는지 말씀해 주시겠어요?"

"아, 그게…… 동생들이 생겼소."

"예? 동생들이요?"

"그렇소."

한 번 말을 하기 시작해서 그런지 아니면 좀 더 자신의 얘기를 듣고 싶어 하는 운려의 모습이 편안해서였는지, 하분동은 자신도 놀랄 정도로 길게 말을 했다.

"구이남이란 젊은 녀석인데 아주 넉살이 좋고 재미나다오. 사부의 사부가 소림의 속가제자여서, 엄밀하게 따져보면 정식 속가제자는 아니지만 소림 무공의 맥은 잇고 있더란 말이오. 그렇다고 내 볼 땐 어디 가서 소림의 속가제자라고 하기엔 또 애매한데도 자기는 굳이 속가제자가 맞다고 우기고 있다오."

"유쾌한 사람인가 봐요. 나중에 한번 보고 싶군요."

"아마 보게 될 거요. 우리가 살 집도 동생이 구해줬다오. 사기꾼 기질이 좀 있긴 한데 워낙 마당발이라서 여러모로 많은 도움을 받았소."

하분동은 자기도 모르게 이런저런 얘기를 늘어놓았다. 말주변이 아주 없는 편은 아닌데, 아직 신변잡기를 얘기하는 데에는 서툴러서 시간상으로도 앞뒤가 왔다갔다 정신이 없는 얘기였다.

운려는 조금도 귀찮아하지 않고 하분동의 얘기를 경청해 주었다. 하분동은 점차 신이 나서 하지 말아야 할 잡다한 얘기까지 하고 말았다.

운려가 조금 놀란 표정으로 물었다.

"웃었더니 사람들이 다 도망갔다구요?"

"그렇소."

"어떻게 웃으셨기에요? 궁금하네요?"

하분동이 자신 없이 말했다.

"웃는 게 어려운 일이 아니라고 생각했는데 굉장히 어렵더구려. 그다지 보기 좋진 않았나보오. 그러니까 사람들이 도망갔겠지만……."

"괜찮아요. 어서 보여주셔요."

하분동은 망설이다가 '에라, 모르겠다.'는 심정으로 웃어 보였다.

히, 히죽.

운려가 놀랐는지 눈을 조금 크게 떴다. 역시 운려도 무서워하는 걸까?

하분동은 좀 더 힘을 내서 크게 웃으려 해 보았다.

파르르.

역시나 볼이 떨리기 시작했다. 한번 떨리기 시작하면 경련이 잘 멈추지 않는지라 하분동은 어쩔 수 없이 웃음을 멈출 수밖에 없었다.

그런데 그때 하분동의 뺨에 따뜻한 운려의 손이 와 닿았다.

아무 말도 없이.

그저 떨리는 하분동의 뺨을 가만히 만지고 있을 따름이었다.

운려는 조금도 무서워하지 않았다. 무서워하고 두려워하며 달아나는 사람들과는 전혀 다른 표정을 짓고 있었다.

하분동은 설레었다.

따스한 온기가 뺨에 스며들면서 놀랍게도 경련은 금세 멈추었다. 하지만 이젠 뺨이 아니라 가슴이 떨리기 시작했다.

나이나 세월 같은 것은 상관없었다.

시간이 멎은 듯, 한참이나 정적이 흐른 뒤에 하분동은 운려의 손을 잡아 천천히 내렸다.

그리고 운려의 손에 보드랍고 작은 비단 주머니 하나를 꼬옥 쥐어주었다.

"이것……."

금실로 수가 놓아진 고급스러운 새 향낭이었다.

하분동이 미안하다는 표정으로 말했다.

"언젠가 만나면 꼭 새 것을 사주고 싶다 생각했소. 사실 얼마 전까지도 잘 가지고 있었는데……."

하분동은 놀란 얼굴의, 전혀 생각지 못한 선물 덕분에 감격한 운려의 표정이 참 아름답다고 생각했다.

그런데 운려는 향낭을 손에 꾹 쥐고서 몇 번이고 만져보더니 다시 내밀었다.

"당신께서 제게 준 귀하고 소중한 선물이지만 지난번의 제 것 대신이라면…… 필요하지 않아요. 이젠 두 번 다시 당신에게 이별의 증표로 제 향낭을 드릴 일은 없을 테니까요."

묵묵히 듣고 있던 하분동은 문득 가슴에서 호기가 치밀었다. 하분동은 벌떡 일어나서 운려에게 돌려받은 향낭을 산 아래로 멀리 던져 버렸다.

휘익!

빨간 향낭이 작은 향기를 남기고 곧 어두컴컴한 산중으로 사라졌다. 이걸 사기 위해서 약재상에서 얼굴까지 붉히면서 가격을 깎아야 했고, 부끄러움을 무릅쓰고 여인들만 이용하는 가게 앞에서 서성거렸다.

하지만 이제 와 생각하니 그건 정말로 부질없는 짓이었다. 헤어지지 않을 사람에게 이별의 증표를 다시 사다주다니! 이 얼마나 멍청한 짓이었던가!

"내가 잘못 생각했소. 스물여섯 냥이나 주고 산 고가품이지만, 그대 말대로 이제 이건 필요하지 않은 듯하구려. 내가 왜 이별의 정표 따위를 사 왔는지 모르겠소. 미안하오."

마치 열여섯 어린아이로 돌아간 것처럼 하분동은 치기 어린 행동을 한 것을 금방 후회했지만, 부끄럽지는 않았다.

운려가 하분동을 잡아끌어 앉힌 후, 그의 어깨에 가만히 고개를 기대었다.

"고마워요."

하분동은 살짝 긴장했다가 마음을 풀었다.

"참으로 현명한 여자요, 당신이란 사람은. 나도 당신만큼만 현명하고 용기가 있었더라면……. 그럼 우린 조금 더 빨리 만날 수도 있었을 거요."

"하지만 지금이 그때보다 덜 행복하다고 할 수는 없을 거예요."

운려의 말에 하분동은 눈물이 다 나올 뻔했다. 어떻게 이런 행복을 두고 그냥 죽어 버릴 생각을 했을까.

"당신 말이 다 맞소. 나는 참 아직도 멍청하구려."

하분동은 자기도 모르게 웃었다.

웃었다고는 해도 그냥 조금 입술 끝이 올라간 것에 불과했지만, 그것은 운려가 지금껏 본 하분동의 미소 중 가장 자연스럽고 멋진 미소였다.

그러나 운려는 그 사실을 굳이 입 밖에 내어 분위기를 깰 정도로 못난 여자가 아니었다.

그저 사는 날까지 자신의 가슴에 모두 새길 뿐.

어느새 어두워진 밤.

하분동과 운려는 쏟아지는 별빛을 바라보며 조용히, 그리고 오랫동안 하염없이 밤의 그윽한 정경을 느끼며 앉아 있었다.

* * *

하연홍은 흘러내리는 눈물을 주체하지 못하고 연신 소리 없이 울었다. 몰래 따라 나왔던 제갈영과 백리연, 양소은도 가끔 콧물을 훌쩍이며 두 사람의 뒷모습을 마냥 바라보고 있었다.

"잘 됐다, 정말……."

"응. 진짜 다행이야."

"두 분 평생 행복하셨으면 좋겠어."

방금까지 있던 장건은 이미 자리에 없었다. 당연한 일인 듯 아무도 장건을 신경 쓰지 않았다. 장건은 벌써 멀리 산을 내려가는 중이었다. 스물여섯 냥이나 되는 향낭을 허공에 던져 버렸는데 가만히 두고 볼 리가 없는 것이다.

 하지만 평소보다는 움직임이 매우 굼떴다. 즉각적으로 반응하지도 않았고 향낭을 찾으러 가는데 걸음을 재촉하지도 않았다.

 방금까지 본 광경이 자꾸만 떠올라서였다.

 달빛을 배경으로 가만히 어깨를 기댄 채 앉아 있는 두 사람의 뒷모습은 너무나 정겨워 보였다.

 장건조차 부러울 정도로.

 '언젠가 나도 그렇게 같이 앉아서 달을 보고 싶다…….'

 누군가와 평온을 나누고 싶다는 생각이 처음으로 들기 시작한 장건이었다.

 그러나 장건은 곧 고개를 갸웃거릴 수밖에 없었다.

 그 옆자리에 누가 있어야 할지 상상이 되지 않았다.

 귀여운 제갈영? 누나 같은 양소은? 예쁘고 참한 백리연? 심지어는 당예의 모습도 생각났다

 이도 저도 다 아니면 평범하지만 왠지 모르게 끌리는 하연홍은…….

 장건은 하연홍까지 떠오른 순간 머리를 세차게 흔들었다.

누구와 있어도 좋을 것 같았지만, 그 중에서 한 명하고만 앉아서 달을 보아야 한다고 생각하니 죄스러운 기분이 들었다.

아니, 그 반대의 경우가 죄스러운 것일까?

어쩌면 그중에서 한 명을 고르는 일이 어려운 것인지도.

장건은 적잖이 혼란스러워 마음이 심란해졌다.

달리다가 말고 가만히 하늘을 올려다보았다.

저 하늘의 달은 어제나 그제나, 혹은 수백 수천 년 동안 변함이 없었을 텐데 오늘은 유난히도 아름다웠다.

*   *   *

"여기요."

"뭐냐……."

"노사님이 던지신 거요."

"……."

"저한테 뭐라고 하셨어요. 아껴야 한다면서요. 그런데 어떻게 노사님이 이러실 수 있어요? 이거 완전 새건데 그냥 막 버리시는 거예요? 그래도 돼요?"

"이건…… 그럴 만한 이유가……."

"전 그 어떤 이유로도 새 물건을 함부로 버리는 행위가 결코 정당화 될 수 없다고 믿어요."

"……난 있다고 본다. 아니, 그전에. 도대체 그런 말투는 어디서 배운 게냐?"

"연홍이한테요."

"……같이 놀지 마라."

"네? 왜요?"

"…….".

"왜 연홍이랑 놀면 안 돼요?"

"일부러 주워 왔으니 일단은 내가 가져가도록 하마."

"어? 고맙단 말도 없이 그냥 가져가시는 게 어딨어요! 노사님! 노사님!"

제3장

아직 끝나지 않았다

 우여곡절 끝에 소림사의 속가제자 하분동이 이촌에 거주할 집을 얻었다.
 그 말인즉슨 특별한 일이 없는 한 소림의 제자들은 경내에서 하분동을 볼 일이 없을 테고, 따라서 당분간 괴이한 배분으로 인해 고생하지 않아도 된다는 뜻이기도 하다.
 때문에 많은 제자들이 안도의 한숨을 내쉬었다.
 방장 원호는 장건을 비롯해서 소왕무와 대팔까지 보내 집 청소를 돕게 시켰다. 그나마 사람을 더 보낸다는데도 하분동이 한사코 거절했다.
 전의 법명 굉목, 속명 하분동.
 그 스스로는 이제 와 환속해서 '살림을 차린다.'는 것이

남우세스러웠던 모양이지만, 그를 아는 사람들에게는 오히려 환영할 만한 일이었던 셈이다.

* * *

아담한 집.
수년간 사람이 살지 않아 손볼 데가 많았지만, 마을과 적당히 떨어져 있어서 한적한데, 또 인근 민가와 아주 멀지는 않아서 외롭지도 않은 곳이었다.
다만 좀 오래되어 거미줄이며 부서진 벽이며 먼지들이 잔뜩이었다.
사사삭!
심지어는 쥐까지.
"그쪽으로 간다!"
"거기 잡앗!"
헛간에서는 쥐를 잡느라 작은 소동이 났다. 백리연이 양소은에게 소리쳤다.
"죽이면 안 돼요!"
"걱정 말아. 타구봉법에 버금가는 타서봉법(打鼠棒法)을 보여주지!"
제갈영도 한 몫을 더했다.
"내가 질 줄 알아? 천리삼수!"

제갈영의 손이 여러 갈래로 늘어나는가 싶더니 재빠르게 달아나던 쥐의 꼬리를 낚아챘다.

찍찍!

"으아으어으어엉!"

제갈영은 소름이 쪽 돋아 울상을 지으면서도 잡은 쥐를 짚 끈으로 획 하니 묶어 빈 자루에 넣었다.

끈에 묶인 쥐들이 찍찍거리면서 난리를 피웠다.

제갈영은 백리연과 양소은을 부러운 눈길로 바라보았다. 백리연은 나뭇가지를 들었고 양소은은 긴 장대를 들었다. 백리연은 나뭇가지로 쥐를 때려 기절시켜서 잡아내고 양소은은 장대를 휘저어서 쥐를 마치 솎아내듯 잡고 있었다.

툭 칠 때부터 이미 기절한 쥐는 장대 끝에 걸려서 자루 속으로 날려지고 있었다.

직접 손으로 잡아야 하는 제갈영의 입장에서는 손을 대지 않는 둘이 부러울 수밖에.

"나도 검법이든 봉술이든 배우든가 해야지. 우어으어우엉!"

팔다리는 물론이고 목까지 소름이 올라왔는데도 제갈영은 쥐잡기를 계속했다. 지고 싶지는 않았던 것이다.

그렇게 치열하게 쥐잡기가 계속되는 가운데, 이들을 지켜보던 운려가 흐뭇한 웃음을 지었다.

"워낙에 무공을 익힌 처자들이라 쥐를 잡는 것도 빠르구나."

 그 많던 쥐들이 세 소녀들에 의해 쾌속하게 소탕되고 있었다.

 하연홍은 입을 삐죽 내밀었다. 기본적인 무술은 익히고 있어도 세 소녀들만큼 무공을 할 정도는 아니어서 아예 쥐잡기에서 빠져 있는 중이었다.

 "그러게요. 젊은 친구들이 나서주니까 너무 고맙네요. 그냥 저는 쥐가 너무 싫어서 어쩔 수가 없는 거라구요."

 하연홍은 뾰루퉁한 표정으로 다른 곳을 쳐다보았다.

 하분동도 청소에 나서고 있었다. 마당 곳곳에는 겨울을 보냈는데도 죽지 않고 살아남은 끈질긴 잡초들이 무성하다. 하분동은 팔을 걷어붙이고 수북한 잡초를 뽑기 시작했다.

 겨울 잡초는 생기가 적어서 풀만 잡고 뜯으면 중간에 툭툭 끊겨 뿌리까지 뽑기가 어렵다. 하지만 뿌리까지 뽑지 않으면 봄여름에 순식간에 자라나기 때문에 꼭 호미로 뿌리까지 캐놔야 한다.

 그런데 하분동은 맨손으로도 쑥쑥 잡초를 뿌리까지 잘 뽑아내고 있었다. 손으로 줄기 안쪽까지 깊게 잡고 낚아채는 것은 여느 사람의 행동과 다를 바가 없어 보이지만, 단단하게 틀어쥔 손가락과 팔의 움직임은 굉장히 안정되어 있었다. 틀어쥐고 당기는 순간 언 땅이 덩어리진 흙을 왕창 토해내면서 잡초 뿌리가 송두리째 들려 나오는 것이다.

남들이 보기엔 내공도 잃은 사람이 어떻게 저리 언 땅의 잡초를 잘 뽑을까 싶지만, 사실 풀 뽑기야말로 하분동이 수십 년간 해온 일 중 하나이기도 한 것이니까 별 어려울 일이 없었다.

하분동의 입장에서는 운려나 하연홍과 대화를 나누는 것보다 이렇게 몸을 쓰면서 다른 생각을 하지 않는 게 훨씬 편했다. 아직 내상이 다 낫지 않아 조금 불편하지만 그래도 뭐든 하는 게 나았다.

운려와 하연홍에게 어떻게든 잘 해줘서 해묵은 갈등을 풀어야 한다고 생각은 하면서도 고지식한 성격에 그게 잘 안 되니 어쩔 수가 없었다.

그렇게 하분동이 잡초 제거에만 몰두하여 마당을 돌고 있는데, 한 아름쯤 뽑고 잠시 허리를 펴니 문득 묘한 기분이 들었다.

불편함이 들었다고나 할까?

게다가 손 놀리기를 멈추는 순간부터 너무나 조용해서 이상한 느낌이었다. 하분동은 그런 느낌을 무시하려고 했으나 뒤통수가 근질거려서 참을 수가 없었다.

결국 고개를 돌려 뒤를 돌아보니······.

장건이 어딘가 모르게 불편한 기색으로 자신을 바라보고 있었다.

"왜 그러느냐?"

"으으으!"

장건은 말 대신 신음과 행동으로 대답했다.

파파팍!

장건이 번개처럼 땅을 밟는데, 그냥 맨땅을 밟는 것이 아니라 하분동이 잡초를 뽑아서 패인 구멍을 쭉 따라오면서 종종 밟는 것이었다!

파파파팍!

잠시 흙먼지가 피어오르는가 싶더니 어느새 파헤쳐진 땅이 멀끔하게 다져져 있었다. 발로 밟은 흔적도 없다. 마치 빙판처럼 매끈한 것이 하분동을 기가 막히게 만들었다. 내공을 써서 땅을 다지는 거야 어려운 일은 아닐 테지만 저렇듯 세심하게 흔적도 없이 다지는 건 과연 장건답다고 할 수밖에.

장건이 그제야 살겠다는 듯 길게 숨을 내쉬더니 하분동을 보고 말했다.

"이런 식으로 하실 거면 안 하시는 게 좋겠어요."

"뭣이?"

하분동이 기가 막혀서 말도 안 나온다는 얼굴로 장건을 쳐다보았다. 장건은 고개까지 절레절레 흔들었다.

"방해만 돼요, 방해만."

하분동은 장건을 노려보았다.

"내가 왜 방해가 된다는 게냐?"

"풀을 뽑는 게 아니라 흙을 다 파헤쳐서 마당을 어지럽히시잖아요."

불현듯.

하분동은 불안해져서 단칼에 장건의 말을 잘랐다.

"네 일이 아니니 상관하지 마라."

"왜요? 제가 사형인데 왜 관계가 없어요?"

그런 말이 나올 거라고 어느 정도는 예상했던 터였으나, 이번에도 하분동은 울컥하고 화가 치밀어 오르고 말았다.

"이, 이……?"

겨우 화를 가라앉히며 하분동이 말했다.

"내가 내 일을 하는 것이니 상관하지 말라고 했다. 사람이 일을 안 하면, 그럼 구경만 하란 말이냐?"

말투와 표정만 보면 장건을 산 채로 잡아먹을 것 같았다.

장건은 살짝 찔렸으나 어차피 하분동이 자신을 어쩌지 못할 거라는 걸 안다는 듯이 금세 편한 얼굴이 되었다.

"일을 하지 않는 자 먹지도 말아라, 라는 거랑 같은 말씀이시죠? 그런데 제 생각은요, 아픈 사람은 아플 때 쉬어야 해요. 그게 사형으로서의 제 생각이에요. 그러니까 사제님은 저쪽으로 가 주시면 좋겠어요."

부들부들.

운려가 웃으면서 끼어들었다.

"현명하신 사형의 말씀이시네요. 힘을 쓰는 건 우리 같은 노인네가 할 일은 아니잖아요. 이쪽으로 오세요."

"끄응……."

하분동은 마지못해서라는 듯 장건을 째려보며 걸음을 옮겼다.

그러다가 한편에서 우두커니 서 있는 소왕무와 대팔을 발견했다. 둘은 아까부터 아무것도 하지 않고 가만히 있는 중이었으니, 은근히 하분동의 눈에 거슬릴 수밖에 없었다.

"정작 밥을 먹지 말아야 할 녀석들은 여기 있구나?"

하분동의 말에 소왕무와 대팔은 조금 찔끔했다. 하지만 대팔은 눈치도 없이 나섰다.

"그건 노사제(老師弟)가 몰라서 하는 말입니다."

장건에 이어서 또 어린 녀석이 노사제 운운하니 하분동은 기가 막혀 화를 낼 기분도 들지 않았다.

하분동이 은근히 비꼬는 투로 되물었다.

"그래, 소사형(小師兄)에겐 어떤 고견이 있으시오?"

"처음부터 치우느라 고생하느니 차라리 다 끝나고 조금 어지럽히는 게 더 쉽다는 것이 이 사형의 고견입니다."

"……?"

하분동이 어이가 없어서 얼굴을 찡그리고 대팔을 쳐다보자, 소왕무가 대팔을 뒤로 잡아끌며 구박했다.

"넌 가끔 보면 대가리가 아예 없는 놈 같아. 생각은 좀

하고 사냐? 분위기 파악도 못 하고, 아오……."

"내가 왜, 임마? 넌 임마, 사제가 무섭다고 사제가 아니냐? 사형 같지 않다고 사형이 아닌 건 아닌 건 아니라 사형이 아니라서 사형이…… 어, 내가 무슨 말을 할라 그랬지?"

소왕무는 대팔의 입을 막고 대신 하분동에게 얘기했다.

"노사님, 그게 아니고요. 이놈 얘기는 저기 건이 때문에 그런 겁니다. 전에 무슨 일이 있었느냐면요……."

소왕무는 하분동이 옥에 들어가 있느라 몰랐던 그때의 일을 하분동과 하연홍, 운려에게 말해주었다.

진산식 아침.

졸린 눈을 비비면서 숙소를 나온 순간 모두를 멈칫하게 만들었던 그때.

소림의 제자들은 경이로운 광경을 목도하였다.

모든 건물과 석상, 조경, 풍물은 어제 그대로 그 자리에 있었는데, 실제 경내의 풍경은 어제와 전혀 달랐다.

햇살이 부딪치며 찬란하게 번들거리는 기와지붕은 잔잔한 호수의 표면 같았고, 흙바닥 위에 놓인 디딤돌들은 청동거울보다도 반짝거렸다.

그것은 마치 다른 세상에 있는 것을 누군가가 소림으로 옮겨놓은 것만 같았다.

아직도 대팔의 기억에 생생하다. 누군가가 소리쳤다.

'진법이다! 진법이야! 진법에 갇힌 거야!'

모두가 공력을 끌어 올리고 난리가 났다. 잠이 확 달아나고 소름이 끼쳤다.

그럴 리가 없다고 생각하긴 했으나 눈앞에 보이는 모든 것들이 죄다 비현실적이니 차마 믿지 않을 도리가 없었다.

한참이나 지나서야 진이 아니라는 걸 겨우 알았다. 비현실적인 공간은 물론 장건이 한 일이었다. 일주문 앞부터 진산식을 치를 대웅전까지가 죄다 그러했다.

어찌 보면 그것은 매우 공포스러웠다.

한 치의 오차도 없는 질서정연함과 티 없이 깔끔한 풍광이 주는 미지에의 공포.

깨끗한 것도 공포가 되나 싶지만, 평소에 그런 점을 전혀 의식한 적이 없어서 더욱 괴기했다.

오죽하면 윗선에서부터 '차라리 더럽혀라……' 라고 명이 내려왔을까.

제자들은 깨끗하게 치우라는 말이 아니라 더럽게 만들라는 명을 처음 들었지만 전혀 이상하지 않았다. 당연하다고 생각했다. 누구라도 지금의 광경을 보면 고개를 끄덕일 터였다.

하긴 오황은 장건이 닦은(?) 동상들을 보고 참지 못해 때려 부쉈다고도 하지 않았는가!

대팔도 평소 좀 더러운 성격이어서 사람은 누구나 깨끗한 것을 보면 더럽히고 싶어 하는 게 당연하다고 떠들었는데, 장건이 청소한 것을 보면 그런 마음도 들지 않는다고 했다.

 심지어 그 질서정연하고 순결한 공간에 발 한 걸음 내딛는 것조차 죄악으로 생각될 정도였으니 말이다!

 소왕무의 말을 들은 하분동은 그때 들었던 기묘한 얘기의 진상을 이제야 알게 되었다. 진산식 날, 치우라는 소리가 아니라 자꾸만 더 더럽게 하라는 둥, 좀 자연스럽게 어지럽히라는 둥…… 밖에서 외치는 이상한 소리를 그도 들었던 것이다.

 하기야 예전의 장건이 청소를 하면 왠지 좀 거북한 느낌이 있었는데 지금은 이미 그 경지를 넘어선 지 오래라고 하면…….

 소왕무가 말했다.

 "그래서 저희가 이러고 있는 겁니다. 일단 건이에게 맡겨두고 기다렸다가 나중에 어지럽히는 편이 훨씬 빠르고 좋다는 게 저희 판단입니다. 장건, 하면 역시 일당백 아니겠습니까. 우리 같은 건 괜히 도와준답시고 설쳐 봐야 방해만 될 걸요."

 대팔이 끼어들었다.

아직 끝나지 않았다

"이 사형의 얘기가 바로 그 얘기라고요."

하지만 연홍은 직접 본 적이 없으니 믿을 수가 없었다. 청소를 돕는 게 아니라 청소를 하고 난 다음에 어지럽히기 위해 대기하는 중이라니.

소왕무와 대팔은 연홍의 의심에도 불구하고 처음부터 자신들이 해야 할 일을 충분히 잘 알고 있었다. 장건의 눈으로 이 집을 보면 하나부터 열까지 모든 것이 다 손을 봐야 할 것들이었다. 담벼락부터 해서 대들보나 기둥, 녹슨 쇠 문양까지, 무엇 하나 건드리지 않을 곳이 없을 터였다.

그 사이 장건은 마음의 준비를 모두 끝냈다.

"후읍, 후우읍!"

장건이 크게 심호흡을 하며 몸을 쭉 폈다. 소왕무와 대팔은 뒤로 물러났다.

"왜들 그래요?"

"보면 압니다."

"……?"

장건은 오래된 집을 손보기 위해 청소 도구와 자재 등을 싣고 온 손수레로 향했다.

먼저 먼지를 떨기 위한 불진(拂塵)을 양손에 들었다.

그리고 돌아서는데 갑자기 장건의 등 뒤로 빗자루 두 개가 둥실하고 떠올랐다.

"세상에……!"

하연홍은 깜짝 놀랐다.

"허공섭물? 능공섭물? 이기어검술? 도대체 저게 뭐야?"

이기어검이든 뭐든 하연홍이 생전 처음 보는 수법임에는 확실했다. 전면에서 손을 뻗어 당기는 것도 아니고 그냥 등 뒤로 빗자루 두 개가 떠오른 것이다.

엄청난 고수가 공력을 그러모으면 가공할 흡인력 때문에 땅에서부터 하늘로, 거꾸로 물체들이 솟아오르곤 한다는 얘기는 들은 적이 있었다. 그런데 전부 다 그런 것도 아니고 딱 빗자루 두 개만 장건의 등 뒤에 솟아올라 있다.

운려도 놀라서 눈을 동그랗게 떴고, 하분동도 뭔가 조금 놀란 표정으로 흠칫했다.

처음 본 사람만 놀라는 게 아니라 몇 번을 본 사람이라 할지라도 매번 익숙해지지 않기는 마찬가지일 터였다…….

곧 장건은 매우 진지한 얼굴로 작업을 시작했다.

사사사삭.

투다닥!

담벼락을 쭉 돌면서 빗자루론 쓸고 불진으론 먼지를 턴다. 그리고 잡초를 뽑는 건 보……이지 않지만, 어쨌거나 능공섭물이든 보이지 않는 손이든 뭐에 의해서든 잡초는 뽑혀서 뒤로 날려진다. 잡초를 뽑기 위해 허리를 굽히는 일 따위는 하지 않음은 당연하다.

뒤로 날려진 잡초는 빗자루로 쓸려 한데 모아지는데, 쓸린 낙엽이나 먼지, 잡초 등은 빗자루 끄트머리에 매달려 마치 둥그런 공처럼 모아져 있다. 데구르르 구르면서 흩어지지 않고 장건의 꽁무니를 졸졸 쫓아온다. 청소가 진행될수록 그 크기가 점점 커지는 것이 황당하게까지 보인다.

장건은 지나가면서 땅을 꾹 밟아 원래대로 평평하게 만드는 것도 잊지 않는다.

확실히 이 정도면 왜 하분동에게 방해라고 했는지 알 만하다. 장건은 거의 잰걸음에 가까울 정도로 빠르게 나아가고 있다.

이 상태면 순식간에 마당 청소는 끝날 것, 이라고 생각한 지 얼마 되지 않아서 정말로 마당 청소가 끝났다.

모두가 멍하니 장건을 바라보았다. 효율로 따지자면 한 명이 아니라 열 명이 동시에 일을 하는 것과 비슷했다.

그런데 정말로 청소하고 난 자리가 너무 멀끔하다. 뭔가로 껍질을 벗겨 낸 듯 바닥이 윤기가 나려 한다. 박석이 깔린 마당도 아니고 그냥 보통의 흙바닥인데 말이다. 도대체 어디서 풀을 뽑았는지, 뽑은 흔적 같은 건 찾아보기도 어렵다.

"……."

연홍은 이해가 되기 시작했다. 왜 소왕무나 대팔이 어지럽혀야 한다고 했는지.

이것은 마치 새하얗게 첫눈이 온 어느 날의 아침과 같아서, 도저히 밟고 지나갈 수가 없을 지경이다. 이런 깨끗한 바닥에 발자국을 남기는 것조차 죄악처럼 느껴지려 한다.

이래서야 불편해서 어디 마당을 걷겠는가!

아니, 그 전에! 도대체 어떻게 이런 일이 가능한 거지?

하연홍이 당황스러워하는 동안 순식간에 마당 쓸기와 잡초 정리까지 끝내버린 장건이었다. 장건은 큰 덩어리가 되어 있는 풀과 흙, 돌멩이의 덩어리를 어디에 버려야 하나, 버릴 데를 찾고 있었다.

"포대에 담아서 치울까?"

소왕무가 외쳤다.

"그건 놔둬. 우리가 치울게! 우리도 뭔가 일은 해야지."

"그래 줄래, 그럼?"

뭔가를 버린다는 자체가 꺼림칙했던 장건은 잘됐다 싶어 덩어리를 한쪽에 밀어 두고는 손수레로 걸어갔다.

손수레에 도구를 넣어 두고, 고개를 돌려 지붕을 쳐다보았다. 장건의 지긋한 눈길이 풍파(風波)에 깨지고 흐트러진 지붕의 기와에 가 닿았다.

지난번 소림에서 대청소를 할 당시 기와를 닦을 수는 있어도 깨진 기와를 보수하는 법은 몰라 속으로 적잖이 분한 마음이 있었다. 하여 그때 일꾼들에게 물어 방법을 배워두었다.

그리고 오늘 드디어 재료까지 준비해 제대로 써먹을 기

회가 온 것이다.

소왕무는 장건이 여러 종류의 흙이 담긴 포대를 열어 반죽할 준비를 하는 걸 보며 중얼거렸다.

"만약 집안이 망하더라도 어딜 가서 뭘 하든 굶어 죽지는 않을 거야, 건이 녀석……."

기와를 처음부터 쌓는 건 어려운 일이지만 일부분을 보수하는 건 그리 어렵지 않다. 보통 사람이라면 지붕에 올라 미끄러운 기와 위에서 작업하는 것 자체가 쉬운 일이 아닐 수도 있다. 하나 무인에게는 별다른 일이 아니다.

장건은 훌쩍 지붕 위로 올라 깨진 기와들을 골라내기 시작했다. 그리고 기와가 빠진 자리를 깨끗이 털어낸 후 진흙을 이겨 깔았다.

"밑에 보토(補土)를 깔고, 위에는……."

진흙을 깐 위에는 빗물이 새지 않도록 다시 진흙, 강회, 백토 등을 섞어 얹는다.

"대팔아, 거기 기와 좀 던져 줘. 아니다, 그냥 내가 할게. 거기까진 닿겠다."

"응?"

밑에서 대팔이 기와를 던져 주려다가 멈칫했다. 지붕 밑 대들보 앞에 쌓아 둔 기와가 둥실 떠서 지붕 위로 올라갔다. 기와는 귀신이 날아다 준 것처럼 장건의 손에 고스란히 쥐어졌다.

장건은 아래로 오목하게 들어간 모양의 여와(女瓦)를 받아서 밑면에 고운 진흙을 발라 전체 기와의 골과 줄 모양이 일치하도록 겹쳐 이었다. 위로 볼록한 남와(男瓦)는 사이사이에 회백토반죽을 꾹꾹 채워 넣어 가지런하게 여와와 얽었다.

복잡한 일은 아니지만 진흙을 이겨 채우는 건 기의 가닥으로 할 수 없는 일이고, 여러 번 손이 가기 때문에 아무리 손이 빠른 장건이라 하더라도 깨진 기왓장을 모두 새 기와로 채워 넣는 데에는 조금 시간이 걸렸다.

하지만 그것도 숙련된 일꾼이 반나절은 족히 해야 할 일을 이 각여 만에 해낸 셈이었다.

장건은 깨진 기와를 모두 교체하고 허리를 폈다.

밑에서 지켜보던 하연홍이 의아해했다. 깨진 기와를 새 것으로 교체하긴 했지만 옆의 오래된 기와들과는 색이 다르다. 멀리서 보면 이빨이 빠진 것처럼 군데군데 색이 달라서 오히려 이상하다.

'새로 칠하려면 그것도 보통 일이 아닐 텐데?'

하지만 장건은 새로 도색을 한다거나 하지 않았다. 그저 몇 개의 솔을 들었을 뿐이다. 정확히 말하자면 손에는 두 개의 솔을 들었고 등 뒤에는 세 개의 솔이 둥둥 떠 있는……

아무튼 대단한 솔은 아니다. 그냥 뻣뻣한 짐승의 털을 가지런히 박아 먼지를 털거나 들러붙은 찌꺼기를 떨어내는 솔이다.

그런 솔을 들고 장건은 비스듬히 경사가 진 지붕 위를 오가기 시작했다.

샤샤샥. 샤샤샤샥.

줄이 비뚤어진 기와를 맞추면서 계속해서 솔질을 한다. 어떻게 보면 비질을 하는 것과 비슷한 모습이었다.

* * *

청소가 끝났다.

소왕무가 한숨 돌리는 장건에게 다가와 어깨를 두드렸다.

"수고했어. 건아."

"수고는 뭐."

"나머진 우리에게 맡기고 먼저 올라가."

"나만 먼저?"

"응. 가서 보고는 해야 할 거 아냐. 방장 대사님께서 어떤 집을 구했는지, 위치는 괜찮은지 어떤지 많이 걱정하고 계시더라구. 네가 발이 빠르니까 먼저 올라가서 말씀드리는 게 좋겠어."

"그래?"

"그렇다니까. 너무 걱정되어서 다른 일이 손에 잘 안 잡힌다고까지 하셨어. 뒷정리는 내버려두고 먼저 가 봐."

"알았어. 그럼 저 먼저 올라갈게요. 죄송해요. 끝까지 있지 못해서요."

장건은 조금 이상하긴 했지만 소왕무의 등쌀에 사람들과 인사를 하고 소림으로 돌아갔다.

남은 사람들은 장건의 모습이 보이지 않게 된 순간, 너나 할 것 없이 답답한 한숨을 토해냈다.

"휴우!"

"심장이 오그라들어서 죽을 뻔했네."

"그렇다고 열심히 하는 애 앞에서 인상 쓸 수도 없고."

다들 불평을 토해내는데 제갈영만 좋은 말을 했다.

"그, 그래도 멋있어. 우리 오라버니는 못 하는 것도 없다!"

하지만 그런 제갈영도 어깨를 잔뜩 움츠리고 입술을 꾹 다물어서 뭔가를 억지로 참는 듯한 표정이었다.

마당은 바위를 일도양단한 단면처럼 번들거리고, 돌을 쌓아 만든 담벼락은 분명히 울퉁불퉁한데 어쩐지 다 일정하게 울퉁불퉁한 듯 느껴졌으며, 나무 기둥은 오래된 흔적이 분명히 남아 있는데도 매끈했다.

지붕은 두말할 것도 없이 다 새것처럼 번쩍거려서 지나가던 새가 날아와 앉았다가 미끄러질 지경인데, 기와 일부를 교체했는지 안 했는지 티가 나지 않았다. 분명 기와를 교체하는 걸 눈으로 봤는데도 도무지 믿기가 어려웠다.

한두 군데만 그렇게 깔끔해도 이상할 텐데, 집 전체가 반질거리니 그 기묘함이란 이루 말할 수가 없었다. 괜히 불안한 마음이 들며 팔다리가 오그라들고 위축된다. 청소한 곳의 어딜 만진다거나 건드리면 더러워질까 걱정스럽기만 하다.

양소은은 진저리를 쳤다.

"그렇잖아도 진산식을 할 때 소림사에 들어가는데 뭐가 되게 답답하고 소름 끼치고 그러더니……. 아, 진짜 저 버릇 어떻게 못 고치나?"

하연홍이 백리연에게 물었다.

"이, 이거 지금 다 내공으로 한 거 맞죠? 쓸고 닦은 게 아니라 거의 깎아낸 거 같은데……."

"그럴 걸요."

"말도 안 돼……."

경이로운 광경이지만 보고 있는 것만으로도 불편해서 견딜 수가 없을 지경이었다.

더럽히고 싶은데 쉽게 더럽힐 수 없을 만큼 깨끗하다. 이대론 참을 수가 없다.

'더럽히고 싶지 않아. 하지만 더럽혀야 내가 산다!'

란 생각이 강하게 든다.

그때 때마침 소왕무와 대팔이, 장건이 낙엽과 흙먼지 등을 쓸어서 모아 놓은 쓰레기 더미로 가서 쓰레기 한 아름을 들고 왔다.

"이제 우리가 뭘 해야 할지 아시겠죠?"

이것이 장건에게 뒷일은 맡기라고, 내버려두고 가라고 한 이유다.

더 설명도 없었건만 모두가 알아서 쓰레기를 한 움큼씩 쥐었다. 그리고 여기저기 뿌리기 시작했다.

"후아."

그제야 좀 살 것 같다.

더럽히는 것에 대한 쾌감마저 느껴질 지경이다! 계속 뒷간을 못 가다가 삼 일 만에 용변을 본 것 같은!

낙엽을 되는 대로 흩뿌리다가 하연홍은 참을 수가 없어서 자기도 모르게 하분동에게 물었다.

"건이…… 원래 이랬어요?"

하분동이 고개를 저으려다가 멈췄다. 그건 원래 저렇지 않다고 대답하려다가, 생각난 게 있어서 멈췄다는 뜻이다.

"그러고 보니 비슷한 일이 있긴 했구나."

하연홍은 자기가 하분동에게 친한 척 말을 걸고 있다는 걸 깨달았지만, 이미 호기심을 멈출 수 없었다.

"뭐였는데요?"

"그게……."

하분동의 입가가 씰룩였다.

"허허허."

하분동이 웃음을 터뜨렸다. 소리만 웃는 거지 표정은 웃는 게 아니었다. 그럼에도 불구하고 하분동이 웃었다는 사실 자체에 모두가 놀랐다.

사실 하분동도 자신이 오랫동안 웃지 않았다고 생각했는데 그게 아니라 개운하게 웃은 적이 있다는 걸 떠올렸다.

바로 사부인 홍오가 장건 때문에 낭패를 겪었던 일이었다.

하분동은 모두의 눈길이 자신을 향해 다소 민망했지만 얘기를 꺼냈다.

장건이 자신과 함께 암자에 있을 때 모종의 장소에 이상한 짓을 해 놓아서 다들 그게 진법인 줄 알았다는 얘기였다.

제갈영이 '아!' 하고 손뼉을 쳤다.

"맞다! 그때 오라버니랑 처음 만났을 때다. 할아버지께서 진법은 아닌 게 확실한 거 같은데 보기만 해도 진법만큼의 위압감이 느껴져서 희한하다고 하셨어요. 지금이랑 딱 똑같았겠네요."

제갈영이 갑자기 몸을 배배 꼬았다.

"그리고 우리 오라버니가 그때 아닌 척하면서 은근슬쩍 영이의 몸을 더듬…… 영이의 부끄러운 곳을…… 아이, 몰라."

"……!"

별안간 침묵이 흘렀다.

소왕무와 대팔을 비롯한 몇몇은 입을 떡 벌렸다.

뜬금없어!

난데없이 저런 얘기가 왜 나와!

하지만 백리연과 양소은은 순간 긴장한 듯 보였다. 아무래도 경쟁 관계이니 뭐에든 예민할 수밖에.

설마하니 이미 예전에 심각한 관계라도 되었던 것일까?

그런데 갑자기 백리연이 웃었다.

"푸훗."

단순한 폭소가 아니라 미묘하게 가소롭다는 투가 확 느껴지는 웃음이었다. 제갈영은 얼굴을 붉히고 있다가 바로 표정을 바꾸었다.

"그 웃음, 뭐예요?"

백리연이 고혹적인 몸짓으로 짐짓 몸을 기울이며 입술에 검지를 살짝 가져다 댔다. 제갈영의 시선이 백리연의 입술에 꽂혔다가 천천히 아래로 내려갔다. 허리를 비스듬히 한 상태라 유독 가슴이 도드라졌다. 백리연이 슬쩍 머리카락을 넘기면서 어깨를 움직이자 차고 넘칠 듯한 가슴이 탄력 있게 흔들렸다.

제갈영이 흠칫했다.

"뭐, 뭐냐구요!"

백리연은 여유만만하게 입가에 미소를 머금고 보조개를 피웠다.

"글쎄…… 뭘까? 동생이 보기엔 뭐일 것 같아?"

"내, 내, 내가 부족하다는 거? 나 같은 건 상대도 안 된다는 거?"

"음…… 그것뿐일까요? 우린 벌써…… 아아, 나도 얘기할 수 없어요. 그때의 그 짜릿함은 어떤 것과도 비교할 수가……."

온갖 추측이 난무할 법한 말이었다.

"이이이……."

제갈영이 분한 얼굴로 씩씩거리다가 백리연에게 소리를 질렀다.

"두들겨 맞고서도 좋다고 쫓아다니는 피학성애녀(被虐性愛女) 주제에!"

"뭐라고요?"

백리연은 어이가 없어 외쳤다.

"지금 무, 무슨 말을 하는 거야, 동생? 어떻게 그, 그런 말을 할 수가 있어? 아니, 도대체 어디서 그런 듣기만 해도 꺼림칙한 요상한 말을 배워온 거야?"

"흐응? 왜? 내 말이 틀렸어?"

그때 양소은이 제갈영의 머리에 꿀밤을 먹였다.

딱!

"아얏!"

"그만 해. 어디서 못된 말만 배워 가지고……."

"이씨! 무식하게 힘만 센 가학성애자! 근육 덩어리! 우리 오라버니랑은 하나도 안 어울려!"

"저게? 너 이리 안 와?"

제갈영은 눈물을 글썽거리더니 '우아아앙!' 하고 울면서 낙엽과 흙먼지를 마구 뿌리며 달아났다.

"어휴, 저게 진짜……."

그러나 양소은도 제갈영의 말을 가볍게 넘기기에는 마음이 불안했다. 분위기를 보니 아마도 둘은 과거에 장건과 감정의 교류를 했다고 확신하는 것 같았다.

"큰일이네."

양소은은 자기도 모르게 발을 동동 굴렀다. 평소엔 소심한 듯 보이지만 소신을 위해서는 검성에게도 대들 수 있는 장건이 멋져 보인 것도 사실이고, 장건 정도는 되어야 부친인 양지득의 괴롭힘(?)도 버텨낼 수 있을 것 같고……. 아무리 생각해도 장건만 한 신랑감은 없었다.

하지만 남들이 보기엔 그리 어울리지 않을 수도 있었다. 제갈영의 말대로 양소은은 건장하고 탄탄한데 장건은 왜소해서, 둘을 세워놓으면 장건이 학대당하는 아이처럼 보일 터였다.

"억지로라도 잘 먹여야 하나……. 키 잘 크는 보약도 좀 먹이고……."

양소은의 중얼거림에 백리연이 대꾸했다.

"그래 봐야 산도적 같은 언니가 어디 가겠어요?"

"왜 가만히 있는 사람한테 왜 시비지?"

"그냥요?"

"웃기고 있네."

제갈영에겐 선머슴 같은 양소은보다 더 여성스러운 백리연이 견제 대상이고, 백리연에겐 아이 같은 제갈영보다 무공이 강해 듬직한 양소은이 견제 대상이다. 양소은에게는 둘 다이고.

터질 듯 미묘한 기류가 흘렀다.

덕분에 입장이 이상해진 건 하분동의 가족들이다.

"험험."

하분동이 머쓱하게 헛기침을 하자 운려가 웃음 띤 얼굴로 고개를 끄덕였다.

"참 좋은 때지요?"

하분동이 무뚝뚝하게 대답했다.

"내가 뭘 알겠소."

내내 산에서 산 하분동에게야 당연한 얘긴데 그 말이 왜 이렇게 웃긴지 운려는 짧게 웃음을 터뜨렸다.

"우리 연홍이도 이제 나이가 되었으니 좋은 짝을 만나야 할 텐데."

뜬금없는 거론에 하연홍이 눈을 흘겼다.

"아이 참, 할머니는? 난 혼인 같은 거 안 하고 그냥 할머니랑 살 거라니까!"

"혹시 마음에 둔 사람도 없고?"

"없다니까욧!"

하연홍이 빽 소리를 지르자 백리연과 양소은이 은근히 부담스러운 눈길로 쳐다보았다.

혹시?

설마 경쟁자가 한 명 더?

하는 눈빛이었다.

"아니라니까요? 정말 아니에요!"

거기에 하분동이 아닌 척하면서 말을 더했다.

"건이는 안 된다."

"네에? 할아버지잇!"

하연홍은 당황해서 할아버지라고까지 하분동을 부르고 말았다.

하연홍이 심하게 항변하니 백리연과 양소은은 더욱 수상쩍다는 눈빛이 되었다.

멀리서 그 모습을 바라보던 두 혈기왕성한 소년들은 그저 한숨만 쉴 뿐이었다.

"……좋겠다."

"건이는."

소왕무와 대팔은 투덜거리면서 여기저기 흙을 뿌리기 시작했다.

우내십존하고도 친구 먹는 괴물 장건이 아니면 그래도 지금 기수의 속가제자들 중에서는 일, 이 위를 다투는 기대주인 둘이었다.

이번 기수가 아니라 다른 기수 때라면 이미 강호의 호사가들 사이에서 이름이 몇 번 오갔을 터다. 소림을 찾는 후기지수들과 손을 겨루면서 위상을 드높이는 일도 있었을 테고.

그런데 어쩌다 보니 순 괴수들만 우글우글해서 거의 기도 못 펴고 지낼 수밖에 없었던 것이다. 분위기상으로 둘이 함부로 끼어들 수 있는 자리 같은 건 조금도 없었다.

그야말로 언감생심 넘보기도 어려운 지경이었던 것이다.

하여 소왕무와 대팔은 장건을 미워한다거나 하는 마음 따윈 조금도 갖지 않았다. 오히려 장건 같은 괴수가 친구라는 게 자랑스러웠다.

다만 뭔진 모르겠는데 어딘가 억울하다는 생각이 드는 건 어쩔 수 없는 노릇이었다.

* * *

장건은 소림으로 돌아와 원호에게 보고했다.

원호가 생각만큼 조급하게 보고를 기다린 것 같지 않아 의아했지만, 관심을 안 보인 것은 아니었다.

"청소를 했다고?"

"네! 깨끗하게요. 정말 최선을 다해서 했어요."

"그렇구나……. 그렇게 열심히 하진 않아도 되었을 것을."

"그게 무슨 말씀이세요? 노사님 일인데 당연히 열심히 해야죠."

"그래. 네 말이 맞다……. 열심히 해야지……."

말끝을 약간 흐리는 원호였다. 남아 있는 이들이 뭘 하고 있을지 눈에 훤히 보였다.

장건이 고개를 갸웃거리는 걸 보면서 원호는 빙긋 웃었다.

"녀석."

"방장 사백님, 왜요?"

"장해서 그런다, 장해서."

괜히 하는 말이 아니라 정말 장했다.

사고 안 치고 온 것만 해도 어디인가. 그것만으로도 칭찬해주고 싶은 심정이다. 매번 사고를 쳐서 장건을 어디다 내놓기만 하면 불안해서 심장이 쪼그라드는 기분이었지 않은가.

그런데 문득.

—앞으로의 일 년은 아이의 십 년 운세 중 가장 험난한 시기가 될 것이외다.

라고 천룡사의 금오가 했던 얘기가 생각난다.

'불길하게 왜 지금 그런 얘기가 생각난단 말인가. 이번에는 사고도 안 치고 조용히 잘 돌아왔거늘.'

이미 소림사가 봉문에 가까운 부담을 짊어지게 되었으니 혹 금오의 말이 맞다 해도 이것으로 충분해지지 않았을까?

원호는 염주를 굴려 가볍게 불호를 왼 후 먼 하늘을 바라보며 생각에 잠겼다.

'어차피 건이 녀석이야 올해 내내 소림에 잡혀 있을 것이니 딱히 큰일을 저지르긴 어려울 테고…… 가장 큰 문제였던 굉목 사숙의 일도 마무리되었고…… 또 무엇이 남았지?'

대외적으로 소림이 해야 할 일은 거의 끝난 셈이다. 강호가 혼란스럽다고는 하나 대외활동을 포기한 소림이 딱히 나설 일은 없다.

'그러고 보니 아직 북해빙궁의 사절단을 찾지 못했군.'

조사단을 파견했는데 아직 성과가 없었다. 어쩔 수 없지만 좀 더 찬찬히 알아봐야 할 일이다. 급하다고 당장 해결

할 수가 없는 문제다. 어쩌면 조만간에 북해빙궁에 사람을 보내야 할 수도 있고.

'그리고 또…… 사숙조의 일이 남았는가.'

굉목만큼이나 골치 아픈 홍오의 문제 정도가 남았다.

원호는 굉운에게 들은 말을 되새겼다.

―홍오 사숙조의 문제는 잠시 접어 두게.

―그게 무슨 말씀이십니까? 조사의 유명을 거스른 것은 용납할 수 없는 대죄입니다.

―사숙은 내게 무대를 만드시겠다 했네.

―……무대요?

―그렇다네.

―허! 천하 영웅들이 격돌하는 장(場)이라도 열고 싶으시단 겁니까? 그냥 내버려두었다가 더 큰 일이 생기면 어찌시려고요. 본사의 책임으로 밝혀지면 뒷감당은 어찌하시렵니까.

―무대를 만드는 사람은 그저 무대 뒤에 있을 뿐이네. 무대 위에 서는 건 다른 이들의 몫이지. 사숙은 결코 전면에 나서지 않을 것일세.

―저는 전혀 수긍하지 못하겠습니다. 소림이 위험해질 겁니다. 지금 같은 상황에서 아무런 이득도 없는 위험한 도박을 할 순 없습니다.

아직 끝나지 않았다 119

―그렇지 않을 거라고 단언하겠네.
―사백님!
―모든 것을 건 마지막 선택이셨네. 이미 사숙께선 소림보다 더 큰 그림을 그리셨네. 그 그림에서 홍오라는 이름은 방해만 될 뿐이란 걸 스스로도 알고 계시다네.
―하지만…….
―보고 싶지 않은가? 한평생 무의 끝을 좇은 사람의 마지막 선택이 어떻게 나타날지. 비록 사숙이 만드실 새로운 무대가 우리 소림의 자리가 되지 않을 수도 있겠지만, 난 사숙의 뜻을 존중하네. 그리고 사실 나 역시 궁금하네. 그래서 사숙을 그대로 놓아드렸다네.

굉운은 원호를 그렇게 설득하려 했다. 하나 굉운과 달리 원호는 홍오를 믿지 않는다. 게다가 괜한 불씨를 남겨두고 싶지도 않다.
그래서 어떻게 할까 고민하는데…….
그때 다시금 금오의 말이 원호의 귓가를 맴돌았다.

―앞으로의 일 년……. 그것은 그 아이의 팔자가, 몸담은 곳을 곤궁하게 만드는 형국이라는 걸 포함하

는 것이오.

원호는 깜짝 놀랐다.
'……왜 자꾸만 금오 대사의 말씀이 떠오르지?'
설마 그것이 무슨 일인가의 징조란 말인가?
원호는 마음이 불안해졌다.
아무래도 찜찜하다.
당분간은 내실을 다지는 데 온 힘을 다할 생각이었는데, 그러면 안 될 것 같다. 장건이 아니더라도 소림을 곤란하게 만들 일은 얼마든지 생길 수 있는 법.
'아무래도 그 두 가지의 일까지는 매듭을 지어야 하겠구나!'
원호는 지부와 속가제자들의 남는 여력을 모두 동원하여 우선적으로 북해빙궁 사절단과 홍오의 소재를 파악하기로 했다.
그러나 그럼에도 불구하고 불안한 마음은 좀처럼 사라지지 않았다.
며칠 뒤.
불안의 전조(前兆)는 원호가 전혀 생각하지 못한 방향에서 현실로 나타났다.
관리 한 명이 소림을 찾아온 것이다.
소림사가 위치한 등봉의 현령이었다.

*　　　*　　　*

　십여 명의 관병과 함께 소림에 도착한 현령 누보가 방장 원호를 만났다.

"나무아미타불. 어서 오십시오."

"늦었지만 취임 축하드리오이다."

"신경 써 주셔서 감사합니다."

하지만 누보는 정말로 축하한다기보다는 마지못한 얼굴이었다.

"감사할 게 뭐 있겠소. 나라고 여기 오고 싶어 왔겠소?"

"예?"

원호가 살짝 의문을 가졌다가 곧 웃으며 말했다.

"현령께서 직접 오시게 하여 송구합니다. 진작 제가 먼저 찾아뵙고 인사를 드렸어야 하는데 저희가 최근에 큰일을 겪었지 않습니까. 현령께서 이해를 좀 해주십시오."

"뭐, 됐소이다. 현령이래 봐야 어차피 칠품지마관(七品芝麻官)일 뿐인데 누구를 오라 가라 하겠소."

현령의 공식 직함은 지현(知縣)으로 칠품의 관직이다. 칠품지마관은 깨알같이 낮은 벼슬이란 뜻으로 조롱이나 해학의 의미에 쓰이는 말이다.

"허허, 겸양이 지나치십니다."

"방장 대사의 눈에는 내가 겸양이나 떠는 것으로 보이오?"

누보가 퉁명스럽게 대꾸했다.

주변에 시립해 있던 승려들의 안색이 대번에 굳었다.

그동안 어떤 현령도 소림의 방장에게 이 정도의 무례한 언사를 한 적이 없었다.

"솔직히 말하겠소이다. 전의 현령도 도독부 자제의 사건 때문에 변경으로 쫓겨났소. 그런데 내가 뭐 좋은 일이 있다고 소림사를 찾아오겠소. 나야 그저 높은 분들께서 시키는 일이나 따르고 안 그러면 귀양이나 가야 하는 그런 하찮은 사람이올시다. 칠품지마관이 겸양이 아니란 뜻이오."

"이거 참……."

원호는 직설적인 누보의 말에 화를 내기도 곤란하고 그렇다고 수긍을 하기에도 애매해졌다. 새로 온 현령이 소림에 호의적이지 못하다는 것은 여러 면에서 문제가 될 소지가 컸다.

"본의 아니게 폐를 끼치게 되었습니다."

원호가 사과했으나 누보는 본 척도 하지 않았다.

"그걸 안다면 얘기가 한결 쉬워지겠소이다."

원호는 긴장했다.

"무슨 말씀이신지……."

"왜 전에 소림사에서 약속한 거 있지 않소. 도독부 문제를 눈감아주는 대신 소림사에서 해주기로 한 거."

거기까지 들었을 때, 원호는 솔직히 안심했다.

긴장이 풀어져서 저도 모르게 한숨마저 흘러나왔다.

"아, 그야 잊지 않고 있습니다. 저희가 무공 교두를 파견하기로 한 것 아닙니까."

"기억하고 계시니 잘되었구려. 도독부에서 무공 교두를 보내 달라 요청하였소."

"그 일로 오셨군요. 번거롭게 해드려 죄송합니다. 원하신다면 오늘이라도 제자를 보내도록 하겠습니다."

"알겠소이다. 도독부에서도 가능한 빨리 보내주길 원하니, 그럼 길게 끌 것 없이 내일 장건이란 아이를 보내도록 하시오."

"예…… 예?"

원호는 자신의 귀를 의심했다.

여기서 왜 또 장건이란 이름이 나오는가?

"그게 무슨 말씀이십니까? 장건이라니요?"

원호가 왜 그러는지 모르겠다는 투로 누보가 되물었다.

"장건 모르시오? 장건. 도독부 사건을 일으킨 그 아이 말이오. 여기 없소? 속가제자라면서."

"있긴 있습니다만."

계인이 도드라진 원호의 민머리에 송글거리고 땀이 맺혔다.

"뛰어난 교두라면 그보다 더 적합한 사람이 많을 것입니다. 굳이 건이가 아니더라도……."

"뭔 소리요? 도독부의 최고참 무공 교두를 쓰러뜨린 사람이 뛰어나지 않으면 누가 뛰어나다는 거요? 이건 내가 원하는 게 아니라 도독부에서 원한 일이요."

"……도독부에서?"

"그렇소. 중군도독부. 그러니 긴말하지 말고 내일 본인을 현청으로 보내시오. 소림사에서 스스로 약조한 것이니 지키지 않을 시에 어떤 일이 벌어질지는 그쪽이 더 잘 알 것이오."

원호는 경악했다.

일이 흘러가도 어떻게 이렇게 흘러가는 것일까?

　―앞으로의 일 년은 아이의 십 년 운세 중 가장 험난한 시기가 될 것이외다.

금오가 한 말이 새삼 떠오른다.

소름이 다 끼쳤다.

이렇게 일이 다시 시작되는가?

도대체 이제는 어떤 결정을 내리고, 어떻게 판단을 해야 옳을지도 원호는 자신이 없어졌다…….

*   *   *

저 멀리 소림사의 전각 지붕들이 드문드문 보이는 산 아래 작은 다관(茶館).

차가운 표정으로 감흥 없이 차를 마시던 냉고사가 물었다.

"소림사가 약속을 지킬 거라 보십니까?"

야용비는 챙이 넓은 큰 모자에 면사를 내려 완전히 얼굴을 가린 채 대답했다.

"자신들이 한 약속이니까요."

"하나, 거기에 반드시 전승자여야 한다는 조건은 없었습니다. 새 방장인 원호 대사의 억지가 보통이 아니라 합니다."

"보내게 될 거예요. 소림사로서는 선택의 여지가 없어요."

야용비는 멀리 소림사를 힐끗 쳐다보더니 조그만 웃음소리를 냈다.

"굉운 대사의 목숨을 살리기 위해서라도."

단순히 전승자를 보내라고 소림사를 을러보는 정도에서 끝내지 않았다. 야용비는 거기에 몇 개의 조건을 더 걸어서 소림사가 옴짝달싹 못 하도록 만들었다.

그 조건들을 소림사가 도외시하기엔 어렵다. 분명히 야

용비의 의도대로 일이 흘러갈 것이다.

하지만······.

냉고사는 슬쩍 눈썹을 찡그렸다.

"오히려 반발이 있을지도 모릅니다. 중원의 명문 정파라는 작자들은 입으로야 대의를 내세우지만 정작 자기 자존심을 더 소중히 하는 자들입니다. 너무 강압적으로 나가는 것은 위험합니다."

야용비는 깔깔 웃었다.

"명문 정파의 가장 큰 문제점은 자존심을 내세우는 게 아니라, 자존심을 내세우는 걸 들키지 않기 위해서 스스로조차 납득할 수 없는 핑계를 잔뜩 만들어낸다는 것에 있어요. 그래서 아무것도 아닌 간단한 일도 복잡하게 꼬이고 꼬인 상황으로 만드는 재주가 있죠!"

야용비는 즐거워하며 말했다.

"아, 난 벌써 눈에 훤하네요. '그것'을 본 소림사의 스님들께서 머리를 싸맨 채 끙끙대면서 얼마나 말도 안 되는 장황한 얘기들을 늘어놓고 있을지요!"

냉고사는 불안한 눈빛으로 야용비를 보다가 고개를 돌렸다.

어쨌거나 지금의 이 모든 상황을 머릿속에 그리고 있는 것은 야용비였으니까.

제4장

장건이 창궐하면……?

　맑던 하늘에 먹구름이 끼기 시작했다. 금방이라도 소나기가 쏟아질 듯 찌푸려지고 있었다.
　뎅— 뎅—
　원주들의 소집을 알리는 종소리가 한참이나 경내를 울렸다.
　"무슨 일이지?"
　대다수의 제자들은 불시에 들려온 종소리에 긴장을 감추지 못했다. 소림이 강호의 일에서 거의 손을 놓다시피 한 지금은 갑작스럽게 긴박한 회의를 주최할 이유가 전혀 없었던 것이다.

소림의 수뇌부는 긴급회의에 들어갔다.

원호가 대전의 상석에서 회의를 주재했다. 좌우로 원주들이 앉았다. 대체로 갑자기 소집된 터라 영문을 모르고 어리둥절한 표정들이었다.

원호가 바로 얘기를 꺼냈다.

"사안이 급박하여 본론으로 넘어가겠네. 방금 등봉의 현령이 도독부의 명을 전하러 본사를 찾아왔네."

살짝 웅성거림이 있었다.

긴나라전의 원상이 물었다.

"도독부라니요. 도독부와의 일은 끝나지 않았습니까?"

"도독부 자제의 사건을 무마하는 대가로 본사에서 매년 무공 교두를 보내기로 한 약속이 남아 있지."

"그야……."

원상이 말을 하다가 말끝을 흐렸다.

그냥 보내면 되는 것인데 무슨 긴급 호출까지 하느냐고 묻고 싶었던 것이다. 그러나 생각해 보니 원호가 아무 일도 아닌데 난리를 피울 사람은 아니다.

"조건이 있었군요."

"무공 교두로 건이를 직접 지목하여 보내달라고 하였네."

순간 침묵이 휩쓸었다.

일부는 '그게 무슨 대단한 일이라고?' 라는 듯한 얼굴이었고 일부는 '또 그 아이?'라는 듯한 얼굴이었다.
속가제자의 무공을 가르치는 원우가 의견을 말했다.
"하기야 도독부의 무공 교두인 쌍봉우사를 쓰러뜨렸으니 도독부에서 건이를 직접 원하는 것도 무리는 아닐 것입니다. 하지만 정식으로 과정을 밟지 않은 아이라 누군가에게 본사의 무공을 체계적으로 가르칠 수준이라고 보긴 어렵습니다."
원주 중의 누군가 말했다.
"꼭 체계적이다 아니다를 나누기 이전에 그 아이가 익힌 무공을 누군가가 익힐 수나 있을지 의문이지요. 건이란 아이가 사용하는 무공 자체가 흔히 우리가 보고 있는 무학의 상리(常理)에서 벗어난 게 아닙니까. 더구나 그 무공의 일부가 우리 소림만의 것이라고 하기도 어려운 상황에 말입니다."
대다수가 쓴웃음을 지으면서 수긍했다. 그렇잖아도 장건의 무공 때문에 여기저기서 말이 많지 않았는가.
지장왕전의 원림이 발언했다.
"그런 아이를 보냈다간 자칫 본사의 명예가 크게 훼손될 것입니다. 어차피 관부에서 초빙하는 문파의 무공 교두란 그렇게 의미 있는 자리가 아닙니다. 기본 초식 몇 가지만 잘 가르쳐도 충분히 남습니다. 하나 건이는 그럴 수가 없는 아이입니다."

다른 원주가 말을 거들었다.

"그렇습니다. 정통 문파의 무인에게 배운다는 것은 똑같은 삼재검법이라 하더라도 시장 바닥에서 떠도는 교본으로 배운 것과는 다른 법입니다. 그들이 어디에 가서 우리 소림의 무공을 배웠다고 하려면 그만한 정통성을 갖춘 사람이 지도해야 합니다. 그런 맥락에서도 장건은 가당치 않습니다."

"일리가 있는 말입니다."

다들 그의 말에 동조했다.

그런데 돌연 원타가 다른 의견을 냈다.

"저는 찬성입니다."

원주들이 모두 원타를 바라보았다. 원타는 원 자 배에서 가장 나이가 어려 갓 사십 대에 들어섰는데 이번에 새로 재정을 관리하는 도감승이 되었다.

"무엇에 찬성인가?"

"건이란 아이를 보내는 데 찬성입니다."

원타가 낮게 한숨을 쉬며 말했다.

"모두들 잊으셨습니까? 금오 대사께서 말씀하신 일을."

모를 리 없었다. 장건이 저지른 사건들을 생각하자면 원주들은 금오의 말을 믿고 싶지 않아도 믿을 수밖에 없었으니까.

문수각주 원전이 의아한 얼굴로 물었다.

"자네의 말은 이상한 점이 있네. 금오 대사의 말씀대로 건이가 사고를 칠까 두렵다면 오히려 보내는 걸 반대해야 하는 게 아닌가?"

"아니오. 그게 아닙니다."

원타가 설명했다.

"금오 대사께서 하신 말씀 중에 건이란 아이가 주위를 곤궁하게 만든다는 얘기가 있었습니다. 하여 혹시나 해서 제가 과거의 기록들을 좀 찾아보았습니다."

원주들이 어리둥절해하며 원타의 뒷말을 기다렸다.

"본사의 형편은 최근 팔, 구 년간 매우 좋지 않았습니다. 간혹 좋아진 때도 있었으나 전체적으로는 계속해서 나빠지는 형국입니다."

노전의 원구가 물었다.

"지금은 그래도 좀 나아지지 않았습니까? 진산식에 들어온 공물도 적지 않다고 들었습니다만."

"그게 그렇지가 않습니다. 많은 분들이 본사의 재정 상태를 명확하게 알고 계시지 못한데……."

원타가 다시 한숨을 쉬었다.

"진산식에 든 비용은 일곱 군데의 지부를 정리하면서 생긴 금액으로 충당하였습니다. 그리고 지금 남은 것이 하나도 없습니다. 즉, 일곱 지부를 정리한 만큼의 손해가 난 것입니다."

"으음……."

침음성이 여기저기서 흘러나왔다.

보륜각주인 원용이 물었다.

"원타 사제의 말은 잘 알아들었네. 한데 도대체 그게 건이란 아이와 무슨 상관인가?"

"말씀드리지 않았습니까. 그 아이가 주위를 곤궁하게 만드는 팔자를 타고났다고. 본사의 재정이 급격하게 나빠진 것은 건이란 아이가 본사에 들어온 해, 그때부터였습니다."

"……."

미묘한 분위기가 감돌았다. 이 자리에 있는 원주들이라면 모두 지난 십 년의 세월을 다 겪었다. 소림의 재정이 악화되는 걸 피부로 느낀 이들이다.

"아무리 그래도 부처를 모시는 자로서 허황된 이야기를 따르는 것은……."

"아무리 그래도, 가 아닙니다. 본사는 어지간한 상단을 넘어서는 규모의 재정을 운용하고 있습니다. 본사와 지부에서 연간 주최하는 크고 작은 재(齋)만도 수백 회가 넘습니다. 단순히 아끼고 덜 쓴다고 해결될 문제가 아닙니다. 만약 작년 같은 추세로 적자가 지속된다면 올해는……."

원타가 단호한 목소리로 언성을 높이다가 잠깐 말을 끊었다. 그러다가 길게 탄식했다.

"후우, 사실은 이미 적자가 예정되어 있습니다. 그래서 더더욱이 그 아이를 본사에 둘 수 없다고 말씀드리는 것입니다."

"그건 또 무슨 말인가?"

"본사는 당 태종 이후로 황궁의 후원을 받아 나라와 황실을 위한 금강명경재(金剛明鏡齋)나 인왕재(仁王齋) 같은 호국 법회를 주재하여 왔습니다. 그 후원금이 적지 않아 이제껏 본사의 재정을 유지하는 데 크게 도움이 된 것이 사실입니다."

"한데……."

"올해부터는 후원을 하지 않을 거라는 얘기가 있습니다. 기실 수년 전부터 본사 주재의 호국법회에 황친이 한 명도 참가하지 않을 때부터 예정된 일이었는지도 모릅니다만…… 이번 진산식의 사태로 그것이 굳어진 것 같습니다."

"으음."

사실상 관부와의 관계가 많이 틀어졌고, 특히나 황궁의 직속 기관인 금의위가 나서서 생긴 일이니 이는 당연한 수순이었을 터였다. 그렇대도 지금의 상황에서는 심각한 타격일 수밖에 없는 것이다.

"후원만이 문제가 아닙니다. 호국법회를 주재함으로써 본사는 천하제일사찰로서의 명성과 위치를 유지할 수 있었습니다. 황실에서의 후원이 사라지고 타 사찰에서 호국법회를 열게 되면 사찰로서의 대표성마저 잃게 됩니다. 이것은 무기 소지 허가서의 발급과 도첩발행 금지보다 더 치명적인 결과를 초래하게 될 겁니다."

원주들이 웅성거렸다. 이제야 도독부의 요구가 보통의 사안이 아님을 깨닫게 된 것이다.

한 명의 원주가 그때까지 아무 말도 않고 있던 원호에게 물었다.

"방장 사형, 지금 원타 사제가 한 말들이 사실입니까?"

원호는 고개를 끄덕였다.

"사실일세. 누 현령이 도독부의 말을 따르지 않으면 호국법회의 후원에 어려움이 있을 수 있다고 하였네."

원주들은 어이가 없는 얼굴로 원호를 쳐다보았다.

"재정 압박을 통해 본사를 좌지우지하려 하다니……."

"감히 그런 치졸한 협박을……."

그러나 매우 효과적인 협박임에는 분명했다.

원주들의 성토가 높아졌다.

"아주 본사를 괴롭히려 작정한 것 아닙니까?"

"도대체 장건이란 아이가 뭐라고 이렇게까지 나오는 겁니까?"

누구라도 분노하지 않을 수 없는 일이었다. 언제 소림이 이런 박해를 받아보았겠는가.

"그게 끝이 아닐세."

원호의 말에 원주들이 원호를 쳐다보았다.

"이걸 보게."

곧 원호는 품에서 작은 상자를 하나 꺼내어 놓았다. 그리고 신중하게 상자를 열었다.

상자가 열리는 순간, 맑은 광채와 함께 하얀 서리가 주변에 내려앉았다.

"허어!"

원주들이 감탄하여 상자 안을 보니 손바닥만 한 크기의 납작한 패(佩)가 들어 있다. 반 토막 난 칼 모양을 하고 있는 도전(刀錢)처럼 생긴 옥패(玉佩)인데, 옥패의 손잡이 부분에는 시리도록 하얀 구슬이 박혀 있었다.

가만 보니 하얀 구슬에서 범상치 않은 기운이 흘러나온다. 옥패 자체가 아니라 옥패에 박혀 있는 구슬이 영험해 보인다.

"그것은……."

"빙정석이라 하더군."

"빙정석!"

원호가 무거워진 입술을 겨우 열어 말했다.

"다들 들은 적이 있을 것이네. 빙정석은 만년설(萬年雪)에서 태어나 몸의 기운을 차갑게 만드는 공능이 있다 하네. 예를 들어 이 빙정석의 한기는 검기(劍氣)의 열상(熱傷)을 진정시키는 효과가 있지. 이것을 지니고 운기요상을 하면 제아무리 독한 검기로 입은 상처라 하더라도 악화되지 않는다네."

"그 보옥(寶玉)은…… 어디에서……."

한 원주의 물음에 원호가 답했다.

"현령이 맡기고 갔네. 중군도독부에서 보낸 것이지."

원주들이 원호의 말투에 낮은 한숨을 내쉬었다.

"맡겼다는 말씀은 만일 우리가 도독부의 말을 따르지 않으면……."

"돌려주어야 한다는 뜻일세. 언제라도."

"……."

원주들은 광채를 내고 있는 빙정석을 쳐다보았다.

지금의 소림에는 그 누구보다도 빙정석의 공능이 꼭 필요한 사람이 있었다.

전대의 방장 굉운.

그는 지금 이 시간에도 죽어가고 있다. 검성의 공명검에 당해 매일매일 한 사발의 피를 토하고, 몸을 친친 감은 약포(藥布)를 세 번이나 갈아도 부족할 정도의 상처를 입고서.

굉운에게는, 소림이 굉운을 살리기 위해서는 반드시 빙정석이 필요하다. 그런 귀한 보물을 준다고 하면 넙죽 절이라도 해서 받아와야 하는 게 지당한 일이다.

그러나 아예 주는 것이 아니라 빌려준 거라고 했다. 잠시 빙정석을 차급한 것에 불과하다. 아무 때건 소림이 마음에 들지 않으면 수거해 가겠다는 거다.

그렇게 되면 당연히 굉운은 죽게 될 것이다.

결국 소림은 이 빙정석 하나를 얻는 순간부터 도독부의 심기를 거스를 수 없게 된다.

원주들은 이를 갈았다.

"더러운 자들……!"

"이런 비열한 짓거리를……."

원상이 손바닥으로 탁자를 내리쳤다.

쾅!

"돈 문제라면 자존심 좀 구기더라도 받아들일 수 있습니다. 하지만 사백의 목숨을 볼모로 삼는다면 애초에 우리가 왈가왈부할 수조차 없게 만들겠다는 것 아닙니까!"

원호가 순순히 수긍했다.

"맞네. 만약 우리가 도독부의 요구를 거절한다면 우리는 사백을 죽게 만들거나 혹은 죽어가는 걸 방관하는 꼴이 되겠지."

"그, 그런!"

모두가 숙연해졌다.

원호는 방관한다 했지만 살릴 수 있는데도 살리지 않는 것이니 실제로는 자신들의 손으로 굉운을 죽이는 것과 다름없는 셈이 된다.

"그럼 우리에겐…… 선택의 여지가 없는 겁니까?"

다른 원주가 우려의 말투로 말했다.

"하지만 이대로 도독부의 겁박에 굴복한다면 우리 소림은 관부의 꼭두각시가 되어 버릴……."

또 다른 원주가 손가락질을 하며 소리쳤다.

"허면 자넨 사백을 죽게 내버려둘 수 있다는 건가?"

"그건 아니지만 그렇다고 그냥 관부에 복종할 수도 없는 노릇 아닙니까!"

특히나 도감승 원타는 거의 절규하듯 부르짖었다.

"금오 대사의 말을 잊으셨습니까? 그 아이는 본사에 재앙을 불러올 겁니다! 반드시 보내야 합니다!"

재앙. 그 말이 그렇게나 섬뜩하게 들리긴 처음이었다.

고성이 오갔다.

원호가 지끈거리는 머리를 붙들고 말했다.

"다들 그만두게. 지금은 소모적인 논쟁보다 지혜를 모아야 할 때야."

그런데 그때.

백의전주가 무서운 표정으로 입을 열었다.

"북해입니다."

조용한 가운데 혼자만의 목소리였던 터라 모두가 의아한 얼굴로 그를 쳐다보았다.

"음?"

"지금 그게 무슨……."

백의전주가 매우 싸늘한 얼굴로 말했다.

"빙정석은 북해에서만 나는 보물이란 말씀입니다."

"어어?"

원주들은 순간 당황을 금치 못했다.

백의전주가 한 말을 되새겨보니 갑자기 최근 일어난 일련의 일들이 번개처럼 머리를 스쳐 갔다.

홍오에게 가해진 북해의 나라밀대금침술.

뜬금없는 북해의 방문과 사절단 실종.

관부의 본격적인 무림 탄압.

그리고 관부 쪽에서 나타난 북해의 보물 빙정석까지.

이리저리 흩어진 파편들을 하나로 뭉치니 미심쩍은 공통의 흐름이 만들어진다.

"도독부에서 어떤 경위로 북해의 보물을 얻었는지는 알 수 없습니다. 아주 오래전부터 전해진 가보였을 수도 있지요. 하나 만일에 우리가 생각하는 최악의 추측이 사실이라면……."

다른 원주가 끼어들었다.

"그러고 보니 진산식에서 나타났던 그 백귀살이라는 자가 무공을 사용할 때 서리가 앉았다는 얘기도 있었습니다. 폭발이 너무 크게 일어나는 바람에 흔적은 못 찾게 되었다지만, 오싹한 한기와 함께 반짝임을 본 이가 여럿 있었죠. 그만한 고수가 황도팔위도 아니라 하니 그저 황궁이 비밀리에 양성한 무인인 줄 알았는데, 만약 북해라고 한다면 앞뒤가 들어맞게 되는 셈입니다."

모두가 웅성거렸다.

북해의 사절단이 사라지고 보란 듯 나타난 북해의 보물. 단순한 우연이라 치부하기엔 시기가 너무 공교롭지 아니한가!

그러나 그것이 그저 단순한 우연일 가능성마저도 배제할 수는 없었다. 정보는 부족하고 드러난 것은 일부분이다. 지금으로서는 무엇 하나도 단정 짓기 어렵다. 섣불리 추측하고 움직이는 건 위험한 일이다. 자칫 돌이킬 수 없는 결과를 초래할지도 모른다.

그렇다면 현재 가장 중요한 건 상대의 의도를 파악하는 일일 터다.

선현각주 원률이 발언했다.

"잠시 한 말씀 드리겠습니다. 요약하자면, 도독부는 그들의 말을 따르지 않을 시에 본사에 큰 불이익을 주겠다는 것입니다. 하나 애초에 무공 교두를 파견하기로 한 것은 본사의 약속이었으니 지키지 않을 이유가 없습니다. 그럼에도 불구하고 도독부는 여러 조건까지 내세우며 굳이 그 아이를 지목하였고 이에 따를 것을 강요하고 있습니다. 그 이유가 무엇인지 생각해 보아야 할 것입니다."

원주들이 원률의 말에 고개를 끄덕이며 동의했다.

"그렇습니다. 도독부의 생각을 먼저 알아내는 것이 최우선입니다. 모두 생각하는 바를 얘기해 보십시다."

원익이 먼저 말했다.

"도독부와 북해가 아무 관계도 없다는 것을 전제로, 조금 달리 생각해 볼 필요가 있습니다. 사실 도독부의 행동 자체만 놓고 보자면 본사에 큰 해가 되는 일이 아닙니다."

"그게 무슨 뜻인지요?"

"진산식에서의 일로 본사와 관부의 관계는 크게 벌어져 있습니다. 때문에 본사를 달래려는 생각이 있는 건 아닌지 생각해 봅니다. 우선 본사의 직전 제자가 아니라 속가제자를 보내 달라 했으니 어찌 보면 이는 본사의 체면을 살려주는 일이고, 후원은 예전처럼 그대로 지속되는 것이니 사실상 조건을 거나 마나 한 것입니다. 또한 우리가 먼저 청한 것이 아님에도 굉운 사백의 병환에 도움을 주는 물건을 보내오지 않았습니까. 이는 오히려 우리가 고마워해야 할 일이지요."

일부 원주들이 원익의 생각에 긍정의 표시를 했다.

"그건 그렇구려."

"일리가 있는 말씀이오. 어찌 보면 도독부의 조건은 장건이란 아이 한 명이라고 봐도 무방한 일이요. 그에 비해 우리가 얻는 게 더 많소."

"도독부에서 건이를 원하는 건 단순한 도독 개인의 욕심 때문일 수도 있습니다. 듣자하니 도독에겐 혼기가 찬 여식이 있다고 합니다. 다들 아시잖습니까. 건이를 얻기 위해 중원 전역에서 얼마나 많은 여아들이 찾아왔었습니까?"

"도독부에서 건이를 사윗감으로 보고 있을 가능성도 있단 말이군요."

원주들은 다소 고개를 갸우뚱거리면서도 은근히 그럴 수 있단 생각이 들었다. 장건의 부친이 손꼽는 거상(巨商)이니 실질적인 조건으로도 나쁘지 않다는 생각이 든 것이다.

하지만 곧 원상이 얼굴을 잔뜩 찡그린 채 발언했다.

"그건 어디까지나 도독부와 북해가 관련이 없다는 전제 하에서의 얘깁니다. 만일 도독부와 북해가 깊은 관계를 맺고 있다면? 북해의 사절단이 본사 방문을 핑계로 사라진 것이 관부와 협력하기 위해서라면? 지금 황궁과 관부가 강호를 핍박하는 데에 북해의 도움이 있다면? 그럼 어쩌실 겁니까!"

"그야……."

"안 그렇습니까? 섣부른 추측은 위험하지만 어쩔 수 없이 추측해야 하는 상황이라면 최악의 경우까지도 상정(想定)해야 하는 법입니다. 다들 너무 편한 소리만 하고 있는데, 아닐 경우는 어찌할 생각이시란 말입니까!"

원상의 말에 원주들이 동요했다.
그때 갑자기 원호가 말했다.
"아니, 잠깐만."
원주들이 원호를 쳐다보았다.
원호가 잠시 고개를 갸웃하더니 원상에게 물었다.
"가만 생각해 보니 그게 우리와 무슨 관계가 있지?"
"네?"
"관부가 북해와 손을 잡았다고 치면 그게 문제인가?"
원상이 언성을 높였다.
"당연히 문제지요! 강호 무림을 억압하려 하지 않습니까!"
"우린 이미 억압당했잖은가?"
"아니, 그러니까 강호의 다른 문파들을……."
"그야 우리가 알 바 아니지. 자기들이 평소에 우릴 걱정해준 것도 아니고, 우리가 걱정해준다고 고마워할 것도 아니고."
"……."
"하다못해 관부가 강호 무림을 아예 몰살시킬 작정이라고 한다면 모르겠는데 그것도 아니고."
"……혹시 강호 무림을 없애려는 생각이 아닐까요?"
"그럴 거면 금의위가 황궁으로 회군하지 않았겠지."
"……그래도 북해가 강호 무림에 들어와서 혹여나 마도

(魔道)가 창궐하게 되면……."

"그래 봐야 십 년 동안 우린 아무것도 할 수 없다는 것 아니겠는가."

"……."

단순 무식한 발언처럼 느껴졌으나, 원호와 원상의 대화를 듣고 있던 원주들은 모두 머리에 똑같은 생각을 떠올렸다.

―어? 그것도 그러네?

원주들은 충분히 공감이 간다는 얼굴로 서로를 마주 보았다.

늘 강호의 대의에 앞장서서 싸워왔던 소림이다. 강호 무림에 대한 일종의 책임감이나 의무 같은 것도 느끼고 있던 게 사실이었다.

그러나 강호 무림은 계속해서 소림을 배척했고 소림의 제자들은 배신감에 치를 떨었다. 당장 이번 진산식만 해도 강호의 다른 문파들은 소림의 편에 서지 않고 그저 침묵해 버렸다.

그런 식으로 이제까지 쌓여온 섭섭함이 원호의 발언에 암묵적인 동의를 하게 만들 수밖에 없었던 것이다.

원호는 다소 분위기가 가라앉기를 기다린 후 말했다.

"괜히 북해니 뭐니 생각하지 않으면, 자존심을 세우려 하지 않으면 뜻밖에 이 문제는 아주 간단하단 말일세. 심지어 개방의 흑개 장로마저도 건이를 내보내라고 한 적이 있었지. 이제 와 생각해 보니 본사가 건이를 감당하기 어렵다는 뜻이었다고 생각되네. 거기다 여전히 금오 대사의 말씀도 마음에 걸리는 게 사실이고."

원률이 조심스레 물었다.

"그럼…… 도독부의 요구대로 건이를 그냥 보내면 끝나는 겁니까?"

"그러면야 좋겠지. 그런데 기실 그 무엇보다 두려운 것은……."

원호의 이마에 깊은 주름살이 그려졌다.

"장건 그 녀석이 본사의 울타리를 벗어나 밖에서 무슨 짓을 저지를지 알 수가 없다는 거야. 솔직히 마도가 창궐한다는 얘기보다 그게 더 무섭네."

흠칫!

원주들이 긴장하며 원호를 쳐다보았다.

마도의 창궐과 장건의 행보.

확실히 전자보다 후자가 더 걱정되는 면이 있었다. 전자라면 맞서 싸우기라도 하지!

누군가가 중얼거렸다.

"마도가 창궐해도 소림은 망하지 않지만 장건이 창궐하

면 소림이 망한다……."

흠칫!

소름이 다 끼쳤다.

창궐이란 말이 그런 데 쓰는 게 아닐진대 원주들은 그 말이 꽤나 잘 어울린다는 생각이 들었다.

정통 소림의 무공을 전수하면 어떻고, 또 관부와 사이가 더 안 좋아지면 또 어떻고. 이런저런 거 다 따지면 뭐하겠는가? 그냥 장건의 사고 한 방에 말짱 헛수고가 될 수도 있는 것이다.

확실히 북해 같은 건 지금 고민할 때가 아니다.

하다못해 장건이 술 한잔 마시고 주사라도 부리는 날엔…….

꿀꺽.

원주들은 긴장이 역력한 얼굴로 마른침을 삼켰다.

생각만 해도 끔찍했다.

원주들의 머릿속에 만취한 장건이 수천 관군과 금의위의 무사들을 상대로 신 나게 날뛰는 장면이 공포스럽게 그려진다. 손가락 까딱 안 하고 수천 명을……. 그리고 이에 진노한 황제는 소림을 주춧돌까지 갈아 없애라는 명을 내리고…….

그야말로 최악의 상상만이 계속되는 것이다!

밖에서 언제 그런 일을 벌일지 몰라 불안에 떠느니 차라리 안에 두고 감시하는 게 백번 옳은 일이다!

원주들은 혼란스러운 표정으로 원호에게 물었다.

"방장 사형, 그럼 저희가 어떻게 해야 합니까?"

원호는 부담스러운 시선을 받으면서 고개를 저었다.

"만약 호국법회의 후원금 정도의 얘기만 있었다면, 나는 망설임 없이 요청을 거절했을 것이네. 그러나 굉운 사백의 목숨이 걸려 있으니……."

원호는 이내 크게 한숨을 내쉬었다.

"나도 어째야 할지 모르겠군."

* * *

방 안에선 피비린내가 진동을 했다.

활불이라고 불릴 정도로 보기 좋은 미소를 가지고 있던 굉운이 피골이 상접해서 해골처럼 보일 지경이었다. 그럼에도 흐트러짐 없이 바르게 방장인 원호를 맞이했다.

핏기 없는 새하얀 얼굴에 생기마저 잃은 눈동자를 보니 원호는 울컥해서 인사조차 제대로 건네지 못했다. 이런 사람을 죽게 내버려둔다는 건 생각만 해도 괴로운 일이다.

"저 왔습니다."

굉운이 작은 목소리로 말했다.

"어서 오게."

원호는 굉운의 힘없이 가느다란 목소리를 듣는 순간 길게 탄식했다.

"참 어렵습니다. 보내도 망하겠고 안 보내도 망하겠고, 그래도 좀 덜 위험한 쪽을 선택해 안 보내겠다면 누군가는 반드시 죽게 되겠는데, 이를 어찌해야 합니까."

굉운은 수척한 얼굴에 미소를 띠었다.

"어허, 이 사람아. 여태 소림이 먼저인지 제자가 먼저인지 결정하지 못했단 말인가?"

"죄송합니다……."

굉운을 간병하던 굉료가 곁에서 혀를 찼다.

"거, 방장 사질은 아직도 모르는구만. 본사의 가장 큰 미덕이란 바로 불가의 문파라는 것 아닌가. 결정하기 어렵다 싶으면 일단 버려. 냅둬버리든지 그냥 그만둬버리든지. 그리고 남들이 뭐라 하면 불호나 외면서 웃어. 그러면 다들 '어허! 방장께서 사실 깊은 뜻이 있으시구나!' 하고 알아서 듣는다니까. 원래 높은 사람은 좀 신비감이 있어야 해."

굉운이 웃으면서 굉료를 타박했다.

"사질을 놀리면 못쓰네."

원호는 머쓱한 표정을 지었다.

"늘 버려라, 버려야 얻는다. 그런 말씀만 하시는데 참으로 어려운 일입니다. 아무것도 버릴 수 없는데 무엇을 버립니까."

"버리는 데에도 법이 있는 법일세."

"버리는 법이요?"

굉운은 잠시 밭은기침을 하고는 말했다.

"버린다 함은 내게 필요 없는 것을 내려놓는 일일세. 내게 필요 없는 것이라 함은 마음을 어지럽히는 것을 말하네. 마음을 어지럽히는 것이라 함은 사물의 본질을 꿰뚫어 볼 수 없는 상태를 말하네. 결국 버린다 함은 본질을 명확히 보기 위한 과정일세. 하여 일체의 법을 얻기 위해서는 본질에 대한 사유가 선행되어야 하네."

"본질이라……."

말이 길어지자 굉운이 다시 밭은기침을 했다. 그러고는 조용히 눈을 감고 원호에게 물었다.

"자네의 생각을 묻겠네. 소림이란 이름은 허상인가."

"그렇지 않다고 생각합니다."

"그럼 소림이란 단어는 실체를 일컫는가?"

"만질 수도 없고 형체도 없으니 실체라고 보긴 어려울 듯합니다."

"실체가 없으나 수천 년을 사라지지 않았으니 이는 영원한 존재인가?"

"소림이란 이름하에 따르는 제자들이 없어지면 존재의 의미가 사라지고, 부르는 사람이 없게 되면 기억에서도 잊히니 영원하다고는 할 수 없습니다."

"소림은 제자들이 부르고 따르고 추앙할 때에야 비로소 존재할진저, 어이하여 그들은 실체가 없는 의미를 지키기 위하여 목숨까지 버리는가."

"그것은……."

원호는 곰곰이 생각에 잠겨 들었다. 과거의 자신은 맹목적으로 소림을 지키겠다고 나섰다. 불지옥에 떨어져서라도 소림을 지켜야 한다고 생각했다. 그러나 그 소림을 지탱하는 것이 사실은 각각의 제자들이라는 것을 알게 되면서, 심한 갈등에 휩싸였다.

왜 자신은 그토록 소림을 지키려 애썼을까?

왜 소림이 사라지고 무너질까 그리도 두려워했을까.

원호는 복잡한 심경으로 굉운의 눈을 바라보았다. 그러곤 오히려 되물었다.

"소림의 본질은…… 껍질입니까?"

굉운은 빙그레 웃었다.

"본질은 사람의 말로 규정할 수 없는 것이네."

"아!"

굉운이 말을 이었다.

"온 천지를 집이라 하는 걸인들은 어디에서든 잠을 자고 어디에서든 밥을 먹네. 그러나 아흔아홉 간 대저택을 가진 부자는 자신의 집에서만 먹고 집에서만 잠을 자네. 자신도 모르는 새에 집이라는 곳을 물질적인 한계로 규정해 버렸기 때문일세."

원호는 조용히 굉운의 설법을 경청했다.

"눈은 사물을 비추지만 그 자체로 본질을 본다고 하지 않네. 거울에 우리의 모습이 비친다고 거울이 본질을 비추었다고 하지 않듯이 눈은 거울의 역할을 대신할 뿐이네. 살면서 한 번도 짠맛을 느껴보지 못한 사람은 소금을 맛보아도 짠맛이라는 걸 알 수 없네. 깊은 명상에 든 이는 바늘로 찔리도 아픈 것을 알지 못하네. 일체의 지각(知覺)은 우리의 의식 없이는 공허(空虛)에 불과하네."

그 순간 원호의 표정이 환해졌다.

"고깃덩어리에 불과한 육체가 존재의 본질이 아닐진대 우리는 스스로 자기 자신과 육체를 동일한 것으로 여기고 맙니다. 육체에서 전해지는 고통과 쾌락이 진정한 본질이라 생각하고 맙니다. 그것이 육도윤회(六道輪廻)의 삶을 반복하게 합니다."

"그러하네. 때문에 본질을 얻기 위해서 우리는 육체가 가져오는 오욕칠정을 모두 떨쳐내고 청명한 상태로 의식을 확장해야 하네. 우리의 육체는 몇 개의 산과 바다를 건너는 것이 고작이지만, 우리의 의식은 삼천대천세계(三千大天世界) 전부를 오갈 수 있네. 바로 그곳에 우리가 원하는 본질이 있네."

원호는 불호를 외며 몇 번이고 고개를 숙였다.

"나무아미타불 관세음보살."

이제야 굉운이 전해주고자 하는 바를 깨달았다.

소림은 마치 육체와도 같아서, 사람이 제 육체를 지키려고 애쓰는 것과 같다. 소림을 통해 제자들이 안전을 보장받고 소림을 통해 배움을 하는 것은 육체를 통해 희로애락을 얻는 것과 같다.

그러나 소림의 본질은 거기에 있지 않다. 지금 이곳, 전각과 사찰이 세워진 숭산 소실봉에 있지 않은 것이다.

모두가 소림이란 이름으로 모여 지키고자 하는 것. 지켜가고자 하는 것. 추구하고자 하는 것.

거기에 소림의 본질이 있다.

원호의 눈이 순식간에 맑아진 것을 본 굉운은 흡족한 얼굴을 했다.

"역시 자넨 뛰어난 인재일세. 내가 오늘 아침에야 깨달은 것을 벌써 알고 있다는 얼굴이구먼."

"부끄럽습니다. 아직 본질을 이해하려면 멀었습니다. 제가 깨달은 본질이 어찌 감히 부처의 깨달음과 같은 본질이라 하겠습니까."

"허면?"

"그래도 제가 가야 할 길을 조금은 알 것 같습니다."

굉운은 더 이상 묻지 않고 미소를 지었지만, 굉료는 자못 궁금하단 표정으로 졸랐다.

"그게 무엇인지 알았으면 나도 좀 알려주게. 오십 년을 넘게 매일 밥이나 찌고 국이나 삶고 하며 아주 깨달음과는 거리가 멀어진 삶을 살았더니 부처가 되는 법을 잊어버린 게 아닐까 걱정이란 말일세."

"방금 못 들으셨습니까? 무릇 본질은 사람의 말로 규정할 수 없는 것입니다."

"엥? 에이잉! 너무하는군! 자기들끼리만 극락왕생하려고?"

"허허…… 이 몸이 먼저 가서 기다릴 터이니 굉료 사제와 방장 사질은 나중에, 아주 천천히 오게나!"

굉운마저도 굉료의 너스레에 웃었지만 원호는 차마 웃을 수 없었다.

자신이 가야 할 길을 알았다는 것은, 역설적으로 그것이 무슨 결과를 가져올지 미리 알 수 있다는 뜻이었다. 또한 굉운의 말이 무엇을 의미하는지도…….

*   *   *

모처럼의 수업이었다.

한때 십팔나한의 수장으로 있다가 은퇴한 굉용이 속가제자들에게 무학을 강의하고 있었다.

장건도 오랜만에 친구들과 수업을 듣는 시간이어서 즐거

워하고 있던 중이다.

"……하여 사람의 몸도 표면부터 음양으로 나눌 수 있는데, 배는 음이요 등은 양이다. 장(腸)은 음이고 부(腑)는 양이다. 기는 양이고 혈은 음이다. 따라서 음양의 조화를 이루지 못한 사마외도의 무공은 필연적으로 몸을 해칠 수밖에 없게 되는 것이다. 이는……."

말을 하던 굉용이 고개를 돌려 누군가를 보았다. 수련장을 찾아온 무진이 멀리서 굉용에게 조용히 반장을 했다.

이윽고 무진의 시선이 장건을 향했고, 아이들의 시선이 무진을 따라 장건에게 쏠렸다…….

* * *

굉운과 대화를 마친 후에도 원호는 방장실에서 고심을 거듭했다.

소림의 주지로서 해야 할 일.

그가 깨달은 바, 그것은 바로 소림의 정기(精氣)를 지키는 일이었다. 그게 곧 주지의 역할이자 책무다. 소림의 이름과 명성과 제자를 지키는 것은 정기를 올곧게 지켜나가는 데에 있어 필요한 일부에 지나지 않는다.

그러나 그게 그리 쉬운 일이 아니라는 게 문제다.

정기를 지키는 일은 권도를 행하는 것과 같다. 매번 상황에 따라 다른 선택을 요구받는다. 하나 그중에 모두가 만족할 수 있는 선택지는 없다. 하나의 가치를 얻게 되면 다른 하나의 가치를 잃게 된다. 오로지 최초의 도(道)만이 남는다.

대도(大道)만이 모든 가치에 우월한 것이다.

흔히 사파에서 정파를 일컬어 가식적이고 이율배반적이라고 욕했던 것이 이 때문이었다.

한 사람의 목숨을 구한다는 명목으로 수백 명의 희생을 강요하거나, 정파인 한 사람의 죽음을 이유로 수천 사파인을 학살하거나 하는 일들이다. 이러한 사건은 물질적 가치를 최우선적으로 하는 사파인의 입장에서는 도무지 이해할 수가 없는 일이었던 것이다.

혹자는 주자의 성정론(性情論)을 인용하여 '인(仁)·의(義)·예(禮)·지(智)·신(信)을 따르는 성(性)은 정파의 기치이며, 희(喜)·노(怒)·애(哀)·구(懼)·애(愛)·오(惡)·욕(欲)으로 대변되는 정(情)의 기치를 우선하는 자는 사파로 규정할 수 있다.'고까지 하였다.

한쪽은 사람이 굶어 죽더라도 윤리적이어야 한다고 주장하고, 한쪽은 사람이 굶어 죽게 생겼는데 인의 따위가 무슨 소용이냐고 주장했다. 그렇게 시작된 끝없는 반목이 결국은 사파의 멸망으로까지 이어졌으니······.

"휴우."

원호는 한숨을 크게 내쉬었다.

정기를 지켜간다는 것은, 대도를 향해 간다는 것은 어쨌거나 어려운 일임에 분명하다.

이번 일의 경우에도 마찬가지다.

장건을 보내지 않으면?

굉운이 죽는다. 재정이 악화된다. 관부와의 사이가 더욱 벌어진다. 또 다른 핍박의 빌미가 될 수 있다. 압박이 계속된다.

그에 비해 장건을 보내면?

굉운이 산다. 재정적인 압박을 피할 수 있다. 도독부와의 사이가 돈독해질 가능성이 있다.

실리적으로 따지자면 장건을 보내는 게 옳다. 하나 그렇게 되면 관부의 압력에 굴복했다는 인상을 지우기 어렵다. 실제로도 잦은 내정 간섭이 이루어질 것이고, 소림의 승려들은 점차 자긍심이 꺾여 결국 소림의 정기가 흐려지게 될 것이다.

특정 가치를 얻는 대신 대도를 잃는다.

그것은 결국 소림의 쇠락을 초래하게 될 터.

따라서 원호는 이미 조금 전에 결론을 내렸다.

장건은 어떤 일이 있어도 보내지 않아야 한다고.

그래야만 최악의 상황에서도 버텨나갈 힘이 생길 거라고. 몸은 힘들어도 소림의 정기만은 온전할 거라고.

굉운이 본질에 대한 화두를 던져준 것 또한 같은 의미에서다. 자신의 육체 따위 그저 껍데기일 뿐이니 신경 쓰지 말고 소림의 정기를 지키는 일에 집중해 달라 부탁한 셈이다.

어찌 보면 굉운을 죽게 만드는 일이지만, 소림에서 누군가 손에 피를 묻혀야 한다면 그것은 다른 누구도 아닌 원호여야 할 터.

원호가 결정하고 모든 책임을 지어야 한다.

그러나.

원호는 선택을 다 끝내놓고서도 아직 공표하지 못한 채 망설이고 있었다.

어떻게 아비와도 같은 굉운을 죽게 내버려둘 수 있겠는가!

소림의 제자들이 심한 재정 압박으로 고생하며 허덕이는 모습을 또 어떻게 보겠는가!

관부에서 앞으로 더 독하게 마음먹고 나온다면 과연 이후에 소림은 어찌 될 것인가!

그 모든 역경들을 누구의 도움도 없이 헤쳐나가야 한다고 생각하니 느껴지는 부담감이 결코 적지 않다. 심지어는 더럭 겁도 난다. 편한 길 놔두고 괜히 어려운 길 돌아가는 게 아닌가 의심도 하게 된다.

의심이 꼬리에 꼬리를 무니 마음은 자꾸 어지러워지고,

판단력은 흐려지기만 한다.

그래서 '그냥 건이를 보내버릴까?' 하는 생각도 드는데, 그때마다 그동안 장건이 저질러 온 사고들이 차례차례 떠오르고 마는 것이다.

그리고 앞으로 일 년간은 장건의 악운이 최고조에 이를 것이라는 금오의 말이 더해지니 더욱 갑갑하기 짝이 없다.

우연찮은 재앙이 소림을 휩쓸 것만 같은 끔찍한 예감.

단순한 재앙도 아니고 무려 대·재·앙이 기다린다!

"으으으으!"

가슴이 너무 답답해진 나머지 원호는 괴성을 지르면서 일어섰다. 그러고는 탁자에 머리를 처박았다.

쾅!

얼마나 답답했던지 저도 모르게 공력을 운용해서 탁자가 반으로 부서져 폭삭 주저앉았다.

"도대체 나더러 어쩌라는 거냐!"

원호가 분노의 외침을 내뱉었는데, 누군가 갑자기 되물었다.

"네?"

원호가 화들짝 놀라서 정신을 차리고 보니 방문을 열고 장건이 와 있었다.

"네, 네가 여긴 웬일이냐?"

"밖에서 계속 계시냐고 여쭙고 있는데 갑자기 고함을 지르고 막 그러시길래 들어와 본 건데요."

원호의 얼굴이 빨갛게 달아올랐다.

"험. 흠. 흠. 그런 일이 있었다."

"멀쩡해 보이는데 아깝다……. 왜 그러셨어요."

장건이 부서진 탁자를 보고 그런 말을 하니, 원호는 또 슬슬 화가 나려 했다. 자신이 이러고 있는 게 사실 장건 때문이 아닌가!

원호가 쏘아붙이듯 장건에게 물었다.

"여긴 뭐하러 왔느냐!"

"아, 그게요. 좀 전에 무진 대사형에게 얘기를 들어서요."

"무진이?"

"예. 도독부에서 저를 무슨 무공 교두로 초청했다고 하시던데요."

원호는 얼굴을 잔뜩 찡그렸다.

"녀석이 쓸데없는 소리를 했구나!"

장건의 원호의 눈치를 보면서 말했다.

"왜 화내시는지 모르겠지만…… 쓸데없는 일은 아닌 것 같아요. 제가 안 가면 굉운 사백조님의 병을 고칠 수 없다면서요."

"병이 아니라 검기열상(劍氣熱傷)이다. 공명검의 강력한 열화성(烈火性) 잔존 검기가 남아서 치유를 방해하고 있는 거지. 근데 그게 너와 무슨 상관이냐?"

"누군 가고 싶어서 이러는 줄 아세요……? 그렇잖아도 대사형이 사백님들께서 절 안 보내려고 하신다 들어서 용기를 내 온 거란 말예요."

"가고 싶지 않으면 안 가면 되지, 뭐하러 왔느냐고 하는 거다! 이게 네 마음대로 가고 싶으면 가고 그럴 일인 줄 아느냐?"

장건은 입을 삐죽 내밀더니 갑자기 목에 걸고 있던 염주 목걸이를 풀어내 보였다. 유독 염주알 가운데 하나가 거무튀튀하게 변색되어 있었다.

"굉운 사백조께서 예전에 저한테 이걸 주신 게 생각났거든요."

"그건……."

"무진 대사형이 피독주래요. 원래 밝은색인데 너무 많은 독기를 정화하면 이렇게 색이 바랜대요."

원호는 문득 깨닫는 바가 있었다.

장건이 계속해서 말했다.

"저도 깜빡 잊고 있었는데, 제가 전에 독선 할아버지의 독에 중독되고 잠깐 사경을 헤맸다던 적이 있거든요. 지금 생각해 보니까 굉운 사백조님께서 주신 이 피독주가 그때 도움이 되지 않았을까 싶어요. 그러니까 저도 이번엔 사백조님께 도움이 되고 싶어요."

독선의 독정에 한낱 작은 피독주가 얼마나 도움이 되었을까 싶지만, 실낱같이 작은 차이 하나에 생사가 오가는 와중에는 엄청난 도움이 되었을 수도 있는 것이다.

"흠……."

원호는 장건이 기특하단 생각이 들어 화가 조금 가라앉았다.

"알았다. 그러니까 지금은 돌아가거라. 이미 결정 난 일이다."

"안 돼요. 저도 얼마나 고민했는데요. 근데 도움을 받고 모른 척하는 건 사람의 도리가 아니잖아요."

"물론 네 말이 맞다. 하나 살다 보면 어쩔 수 없는 일도 있는 법이다."

"저도 사실 걱정돼요. 제가 소림을 오래 떠나 있으면 가족들에게 화가 미친다고 했거든요. 그래서 십 년이나 집을 떠나와 있던 건데요."

원호가 생각해 보니 장건이 소림에 와 있는 이유가 그랬다던 것 같다.

"그러니까 더더욱 네가 도독부로 갈 필요가 없는 거 아니냐?"

"가고 싶지 않아요. 하지만 사람이 은혜를 모르면 가축이나 다름없잖아요. 우리 진상은 누구보다 의리를 지켜야 한다고 예전에 아빠가 말씀하셨어요."

"부친의 말씀은 옳다만, 지금은 어쩔 수가 없다고 하지 않느……."

말을 하다가 문득 이상하다는 생각이 든 원호가 장건을 쳐다보았다.

가족에게 화를 미친다는 걸 알면서도 찾아왔다?

그렇다면 혹시?

도독부에 가지 않더라도 은혜를 갚을 수 있는 방법, 즉 굉운을 살릴 수 있는 방법이 있다는 뜻인가?

솔직히 굉운만 살릴 수 있다면 다른 것들은 그래도 버텨 볼 만은 하지 않겠는가!

원호는 갑작스럽게 기대감이 부푸는 것을 느끼며 물었다.

"네게 좋은 생각이라도 있는 것이냐?"

워낙에 엉뚱한 행동을 하니 기가 막힌 방법을 생각해 왔는지도 모른다! 다른 사람도 아니고 장건이니까!

그러니까 자신을 찾아왔겠지!

장건은 원호의 기대 어린 시선을 받으면서 당연하다는 듯 대답했다.

"아뇨."

"……."

울컥!

원호는 순간 십성 공력을 담은 금강권으로 장건을 패버

릴까 생각했다. 천진난만한 눈으로 쳐다보는데 치가 다 떨렸다.

부들부들.

원호는 치밀어 오르는 화를 겨우 참으면서 다시 물었다.

"그럼 왜 날 찾아온……."

"방장 사백님이시라면 좋은 방법이 있으실까 해서 온 건데요."

순간 원호는 정신이 아득해지는 것 같았다.

부들부들.

"……냐?"

"네?"

"……겠냐고."

부들부들.

"저기…… 무슨 말씀인지 잘 안 들리는데요."

원호는 시정잡배처럼 고함을 질렀다.

"야, 이놈아! 나라고 그런 방법이 샘솟아 나겠느냐고!"

장건이 울상을 지었다.

"제가 필요하다니 도움은 되고 싶은데, 그러자니 엄마 아빠한테 안 좋은 일이 생길까 봐 걱정이 되는 걸 어떡하나요."

"끄으으응!"

원호는 신경질을 부리다가 자신의 머리를 손바닥으로 탁

탁 치고는 겨우 진정했다.
"그러니까 가지 말라는 거 아니냐."
"근데 안 가면……."
"갈 수 없는 상황이라면서."
"그렇긴 한데……."
"건아."
원호가 장건의 양어깨를 붙들고 타이르듯이 말했다.
"널 초청한 중군도독부가 어디에 있는지는 아냐?"
"아뇨."
"여기서부터 이천 리쯤 떨어진 경사(京師) 한복판에 있다. 정확히 말하자면 황궁 외성의 스물한 개의 중앙관청들, 이부, 호부, 예부, 병부를 비롯해서 금의위, 종인부, 한림원까지 아주 사이좋게 오밀조밀 자리하고 있는데, 중군을 비롯한 오군도독부가 다 거기에 있지. 그야말로 나라의 중추라고 할 수 있는 곳에 있는 거다."

물론 규모를 보면 절대 오밀조밀하다고 말할 수가 없다. 조정의 부처는 각각이 또 몇 개씩으로 나뉘어 있어서, 전체로 보면 작은 마을 몇 개를 통째로 합쳐놓은 듯한 거대한 규모다. 금의위를 포함한 십만 황군이 거주하고도 남는 곳이다.

그러니 오밀조밀하다는 건 말도 안 된다. 하나 그렇게 강조한 의미는 대충 통했으리라.

"그러니까 말이다. 네가 거기에서 만약…… 혹시나…… 만에 하나라도 사고를 치면 그게 그냥 동네에서 벌어진 작은 소동 정도로는…… 끝나지 않는다는 얘기다."

장건도 그 말에는 흠칫했다.

"물론 나는 네가 꼭 사고를 칠 거라고 생각하진 않는다. 그러나 황궁은 온갖 기괴한 계략과 야비한 술책이 판을 치는 곳이다. 오죽하면 하루에 삼십 명은 거적때기에 덮여 밤중에 뒷문으로 내다 버려진다는 얘기까지 돌곤 한단 말이다. 그런 곳에 어린—어린데다가 사고뭉치이기까지 한—널 보내도 괜찮을지 자신이 없구나."

원호는 장건의 눈을 바라보며 한 자 한 자 똑똑히 말해주었다.

"만일 잘못되면 네 가문의 식솔들은 물론이고 우리 소림의 제자들 또한 다신 세상 빛을 못 보게 될지도 모른다. 가뜩이나 황제가 강호 무림을 그리 좋게 생각하고 있지 않은 때이니까."

한동안 원호의 시선을 받던 장건이 한숨을 쉬며 고개를 숙였다.

"저는 늘 폐만 끼치나 봐요. 도움도 되지 못하고. 제 생각이 짧았어요. 정말 죄송해요."

"그래, 그러니까……."

고개를 꾸벅 숙였던 장건은 원호가 말을 계속하지 않아

장건이 창궐하면……? 169

이상한 생각이 들었다. 그래서 슬쩍 위를 올려다보았더니, 원호가 말을 하다 말고 갑자기 생각에 잠긴 얼굴을 하고 있었다.

그러더니 갑자기 혼잣말을 중얼거렸다.

"가만? 그러면…… 우리만 죽나?"

죽는다는 말에 장건이 깜짝 놀라 되물었다.

"네?"

장건은 원호의 표정을 보고 섬뜩해졌다.

원호는 대답하지 않고 한쪽 입술 끝만 치켜 올리고 있었는데, 장건이 보기에 그건 분명히 웃는 모습이었다!

"사, 사백님?"

원호의 두 눈이 불타듯 타올랐다. 그건 마치 사나운 맹수를 앞에 두고 호기를 불태우는 사냥꾼의 눈빛과도 같은 것이었다.

소림의 명운(命運)과 굉운의 목숨, 그리고 장건의 운명적인 처지까지.

도저히 어느 쪽 하나를 확고히 선택할 수 없는 상황에서, 마침내 원호의 승부사 기질이 발동했다.

"이놈들, 어디 두고 보자꾸나."

원호의 눈빛이 서늘하게 빛났다.

* * *

이십 대에 강호행을 하던 원호는 몸이 만신창이가 되어 길가에 버려졌던 적이 있었다. 그때 그를 도운 것은 다름 아닌 한 명의 나이 든 노름꾼이었다.

"왜 구했느냐고? 하도 죄를 많이 짓고 살아서 이렇게라도 스님을 도우면 나중에 부처님이 좀 봐주시지 않을까 해서."

손가락이 몇 개나 없는 노름꾼은 앞니까지 없어 흉한 얼굴로 웃었다. 생긴 것은 추했으나 잘 움직이지도 못하는 원호를 간병하며 거의 보름간을 먹여 살린 노름꾼 노인이었다.

얼마가 지나 몸이 나아졌으나 은혜를 갚아야 한다는 생각 때문에 원호는 노인의 곁을 쉽게 떠날 수가 없었다.

"은혜를 갚겠다고? 그럼 며칠 있다가 잠깐만 날 따라가 주시오. 그때 큰 건수가 있는데, 짐꾼이 필요했거든."

그때의 원호는 꽤나 고지식해서 승려 된 자가 도박장에 간다는 것은 상상도 하지 못했다. 그래도 생명의 은인을 외면할 순 없었다.

며칠 후 원호는 노인을 따라 도박장을 갔다. 그러나 처음부터 노인과 함께 있던 것은 아니고, 일행이 아닌 척 구석에서 몸을 숨기고 있었다.

노인이 말한 대로 정말 큰 건수인 모양이었다. 노인은 물론이고 상대로 나온 텁석부리 장한도 은자를 몇 보따리나 싸들고 왔다. 둘은 밤새 격전을 벌이며 엄청난 은자를 주고받았다. 지켜보는 사람들도 꽤나 많았다.

그러다가 새벽의 어느 순간 승부의 갈림길이 찾아왔다.

그때까지의 판과는 분위기부터 달랐다. 텁석부리 장한이 은자를 걸고 노인이 다시 은자를 걸었다. 순식간에 판 위에 은자와 화폐가 수북해졌다. 누가 봐도 그날 가장 큰 판이 될 것 같았다.

"이봐, 영감. 그쪽 판돈이 좀 부족해 보이는데?"

"그렇군. 잠깐만 기다려 보…… 어이쿠!"

노인이 자리에서 일어나려다가 다리가 저렸는지 휘청거렸다. 덕분에 패가 깔린 판이 살짝 뒤흔들렸다. 은자와 화폐들이 철그럭거리는 쇳소리를 내며 부딪치고 몇 개는 판 밖으로 떨어졌다.

텁석부리 장한의 얼굴이 급속도로 변했다. 그는 급하게 판 전체를 샅샅이 훑으며 달라진 게 없는지 확인했다.

"이봐! 영감! 죽고 싶어?"

"아이고, 미안하네. 늙으니까 몸이 말을 안 들어서 말이지."

그러나 말과는 달리 노인은 이도 없는 잇몸을 드러내며 웃기까지 했다. 장한의 표정이 완전히 굳었다.

"이 미친 영감탱이! 지금 무슨 수작을 부린 거냐!"

텁석부리 장한이 욕설을 내뱉으며 고함을 질렀다. 그의 뒤에 열 명도 넘는 패거리가 사람들을 제치며 다가와 섰다.
 노인은 태연했다.
 "내가 뭐? 뭘 했는지 봤어?"
 "감히 내 눈앞에서 애들한테도 먹히지 않을 수작질을 해? 확 조져버릴라!"
 "어어? 확실하지 않은 걸로 사람 다그치면 혼나는 게 이쪽 규칙인 거 알지?"
 "닥쳐! 야! 칼 가져와. 이 노인네 남은 손가락까지 다 잘라 버려야겠다! 어디 농간을 부려!"
 장한의 패거리들이 웃통을 벗고 칼을 뽑으며 흉흉한 분위기를 만들었다.
 이제 원호가 나설 차례였다.
 노인이 원호를 불렀다.
 "거기 친구, 돈이 좀 부족한데 다 가져다주겠나?"
 원호는 노인의 신호를 받고 곧장 앞으로 나아갔다.
 텁석부리 장한이 험상궂은 얼굴로 재빠르게 원호의 위아래를 훑어본다. 후줄근한 넝마를 걸치고 머리에 두건까지 써서 변장을 했다. 겉으로 보면 뭐 하는 놈인지 알아보기 어렵다.
 "넌 또 뭐……."
 원호는 노인이 시킨 대로 갖고 있던 큰 보따리를 내밀었다.

"그냥 바닥에 두게."

노인의 말에 원호가 보따리를 놓았다. 쿠웅! 하는 소리와 함께 보따리가 바닥에 떨어지면서 주둥이가 벌어졌다. 허연 은자가 모습을 드러냈다.

"어, 어? 저거 진짜 다 돈 맞아?"

장한의 패거리들이 더듬거리면서 말했다.

어린아이 하나가 들어갈 만한 크기의 보따리였다. 무거워서 한 손으로는 들 수조차 없다. 장한이 끙끙대며 겨우 뒤집으니 은자가 가득 쏟아진다. 순간 장한의 얼굴이 사색이 되었다.

방금까지 그 육중한 무게의 보따리를 원호는 엄지와 검지, 중지. 세 손가락만으로 들고 있었던 것이다. 보통사람은 물론이고 어지간한 무인들은 흉내도 낼 수 없는 신력이었다. 그래서 정말 다 돈인지 의심스러웠던 거고.

장한은 물론이고 그의 뒤에 서 있던 패거리들, 심지어는 주변에 둘러서 있던 구경꾼들조차 아무 말을 하지 못했다. 진짜배기 고수는 쉽게 볼 수 있는 게 아니다. 진짜 고수를 상대로 시정잡배들이야 어린아이나 마찬가지다.

분위기가 완전히 넘어오자 노인은 여유롭게 다그쳤다.

"내가 기술을 썼는지 안 썼는지 확신 못 하겠지? 이의 없지? 그럼 계속 진행해 보자고."

"그, 그게."

"뭐 하나. 보다시피 나는 다 걸었네. 자네는 어쩔 거야? 자네 판돈이 좀 모자라 보이는데."

장한은 당황했다. 수작을 부린 것 같긴 한데 확인할 수가 없다. 하지만 썼다면 자신이 질 게 확실하다. 게다가 여유만만한 태도 하며, 저런 무림 고수를 데려온 것은 그만큼 자신이 있다는 뜻이기도 한 게 아니겠는가!

"어, 어어…… 그러니까 영감……."

"내가 손장난을 했다고 했던가? 그럼 자넨 모자라는 판돈 대신 눈알 하나 걸어. 뭐, 모자라는 건 그 정도로 봐줄까? 아, 뭐 해? 패 안 까고."

장한이 마른침을 삼키며 어색하게 웃었다.

"흐하하, 영감. 우리 사이에 무슨……. 그냥 해 본 말이지. 농담이야, 농담."

노인의 표정이 순식간에 싸늘해졌다. 노인이 칼칼한 목소리로 외쳤다.

"도대무희언(賭臺無戲言)! 도박장에서는 농담을 하지 않는다!"

장한의 얼굴이 비참하게 구겨졌다.

"여, 영감……."

노인이 이를 갈며 엄지와 중지, 약지만 남은 오른손을 들어 보였다.

"착간재상(捉奸在床), 착도재장(捉賭在場)! 마누라 바람피우는 건 침대에서 잡고, 도박 속임수는 도박판에서 잡는다! 기술을 걸다 들키면 손가락을 자르고, 근거 없이 의심을 하면 눈을 뽑는다. 내 패가 보고 싶다면 네놈이 가져온 모든 돈과 한쪽 눈알을 걸어! 알겠냐? 이 자라 새끼야."

장한은 몸을 부르르 떨며 핏발 선 시뻘건 눈으로 노인을 노려보았으나, 노인은 꿈쩍도 하지 않았다. 장한은 한참이나 노인과 노인이 손에 쥔 패를 번갈아 보다가 욕설을 뱉으며 자신의 패를 내던졌다. 그러곤 자리에서 일어섰다.

"젠장! 오늘은 영감이 이겼다. 하지만 이게 끝이라고 생각하지 않는 게 좋아!"

그 말을 마치고 장한은 패거리들을 끌고 자리를 떠났다. 그나마 남은 돈이나마 챙겨가는 게 낫다 생각하고 중간에 포기한 것이다.

노인은 사람들의 환호를 받으며 은자를 어음으로 바꾸고 작은 주머니 하나를 따로 원호에게 건넸다.

"시주라 생각하고 받아주시오."

그러나 원호는 주머니를 받지 않고 착잡한 표정으로 노인을 바라보았다.

"처음부터 이러려고 절 살린 겁니까? 제가 소림사 출신이라는 걸 알고?"

"싸움질하다 다친 스님이 이 동네 몇이나 되겠소. 대충 예상은 했지만. 스님을 만난 거야 뭐, 내 입장에선 그냥 천운이었지."

화도 낼 수 없었다. 이유야 어쨌거나 덕분에 자신이 살아난 셈이니까. 그런데 그건 그렇다 쳐도 정말 궁금한 건 그 뒤였다.

"마지막엔 어떻게 된 겁니까? 정말 노름패에 무슨 짓을 하신 거였습니까?"

노인이 히죽 웃으면서 손가락이 세 개밖에 없는 오른손을 들었다.

"이 손으로? 다섯 개 다 멀쩡할 때도 걸려서 이 꼴이 되었는데? 기술은 오히려 그놈이 걸었소."

"그런데 왜 그러셨습니까? 만약 그쪽 시주가 끝까지 가겠다고 했으면……."

"내가 졌겠지. 기술을 건 건 그놈이니 당연히 그놈 패가 더 좋을 거 아니겠소."

"그럼 뻔히 질 걸 알면서 그러셨단 말입니까? 그건 그냥 만용이고 요행을 바라는 것 아닙니까!"

원호로서는 이해할 수 없는 일이었다. 그러자 노인이 되려 그게 무슨 소리냐는 듯한 얼굴로 원호를 쳐다보고 말했다.

"어떤 미친놈이 질 걸 알면서 싸운다는 거요? 누구도 지기 위해 싸움을 하는 사람은 없소."

"예? 그럼 이길 걸 알고……."

"에이, 그것도 말이 안 되는 소리요. 이기는 걸 알고 어떻게 도박을 하겠소. 도박에서의 승리는 늘 불확실한 것이오."

원호는 혼란스러웠다.

"이도 아니고 저도 아니라고 하시니……."

"흐흐, 놈이 비장의 한 수로 들고 있던 건 자신의 실력도 아니고 자금력도 아니었소. 뒤에 데려온 패거리였지. 그런데 내가 데려온 사람이 그쪽 패거리보다 훨씬 강하다는 걸 깨달은 순간, 자신의 기술마저 의심하게 된 거요. 혹시나 기술을 잘못하였나, 내 패가 자기 패보다 더 좋지 않은가, 내가 무슨 수작을 부렸나……. 온갖 생각을 하다가 혼자서 자멸의 길로 빠진 거요."

"이해하기 어렵습니다."

"손에 쥔 패가 좋으면 이기는 게 도박이오? 그럼 처음부터 패를 다 보여주면 되지, 뭐하러 가리고 하겠소. 패를 가린 상태에서 주변에 있는 모든 것. 분위기, 말투, 자금력, 그때까지의 기세, 하다못해 작은 몸짓이나 표정까지……. 그런 것들 모두가 다 패가 되고 승부를 결정짓는 요소가 되는 거외다. 도박에선 손에 든 것만이 패가 아니오. 그러니까 쥔 패가 나쁘다고 꼭 지란 법도 없는 것이오."

"허!"

원호는 크게 놀랐다. 알 수 없는 깊은 현기가 느껴졌다.

"그럼 패가 좋은 사람이 이기는 게 아니면 대체 어떤 사람이 이긴단 말씀입니까?"

"이미 쥔 패는 변하지 않지만 승리는 패를 까보기 전엔 누구의 것이라도 될 수 있소. 그러니까 서로 승리를 가져오기 위해 허풍을 치고, 위협을 하고, 표정을 속이고, 기술을 쓰고……. 그렇게 승리를 점점 자신의 것으로 만들어 가는 거요."

노인이 오랜 세월 겪었던 깊은 경험이 고스란히 배어 나온다. 노인은 입을 다물지 못하는 원호를 바라보면서 고개를 끄덕거렸다.

"불확실한 것을 점차 확실하게 만들어 가는 것. 그게 도박이고 도박에서 이기는 비법이요."

원호는 노인의 말에 크게 깨닫는 바가 있었다. 마치 고승에게서 설법을 들은 것 같았다. 여전히 도박을 좋아할 수는 없었으나, 고지식하게만 보았던 시선의 차이를 확연히 느꼈다. 제아무리 어두운 단면이라고 해도 도박 역시 우리네가 사는 삶의 일부분이었다.

하여 이후 원호는 석 달이나 노인을 따라다녔다. 그때의 경험이 원호의 인생에서 굉장히 큰 전환기가 되었다.

수십 년도 더 된 오래전의 얘기였다.

제5장

대도무문(大道無門)

하루가 지났다.

원호는 밤새 고민을 한 후 아침이 되자 무진을 불렀다.

"알겠지?"

"……뭐라 드릴 말씀이……."

"말귀가 어둡구나. 대도무문이란 말이 있다."

"예."

"부처의 깨달음에는 정해진 형식과 틀이 없어 언제 어느 곳에서 어떤 방법으로든 이를 수 있다는 뜻이다."

듣고 있던 무진은 조금 긴장한 기색이었다.

"방장 사백님의 말씀은 제가…… 그 길을 가야 한단 말씀이십니까?"

"그냥 길이 아니라 대도(大道)다. 큰 도리[大道]를 위해 큰길[大道]을 가는 것이다."

"하지만 방장 사백님께서는 지금 제게 샛길을 가라 하시는 것 아닙니까."

"어허, 내 말을 뭐라 들었느냐. 큰 뜻에는 정해진 길이 없대도. 샛길조차도 대도를 위한 길이라면 큰길이 될 수 있느니라."

"제게는 너무 과분한 일이옵니다. 그런 일이라면 좀 더 유능한 이를 보내시는 편이……."

"네가 건이를 부추겨서 내게 오게 만든 걸 보면 네 솜씨가 전혀 부족하지 않은 것 같더구나."

원호의 조용한 질책에 무진은 땀을 뻘뻘 흘렸다.

"혹시나 사백조께서 잘못되실 경우 건이가 자신의 탓이라 자책하고 저번처럼 마음의 병을 얻을지도 모른단 생각이 들었기 때문입니다. 적어도 미리 상황 정도는 알려줘야겠기에……."

"그래. 바로 그런 마음가짐이면 충분하단 말이다."

원호는 무진의 어깨를 토닥였다.

"너라면 능히 내 뜻을 전달하고 좋은 성과를 얻어올 수 있으리라 생각한다, 무진아. 잊지 말거라. 대도무문이다, 대도무문!"

무진의 어깨는 천근만근 무거워졌다.

"네……. 대도무문……."

큰길에는 문이 없다.

올바른 길, 대도를 위한 길에는 막힘이 없다.

대도무문!

하지만 무진의 귀에는 어쩐지 그 말이 '수단 방법 가리지 말아라.'라고 들리는 것이었다.

설사 그것이 협잡이든 잔꾀든, 아니면 협박이나 사기일지라도.

그렇지 않고서야 원호가 과거 자신의 강호행 얘기까지 들려주며 노름꾼 노인의 이야기를 들려주었을 리가 없지 않겠는가!

*　　　*　　　*

등봉현의 관청.

현령 누보는 얼굴을 잔뜩 찌푸리고 막 찾아온 무진을 쳐다보았다.

"장건이란 아이는? 오늘까지 보내라고 하지 않았소? 이것이 소림사가 내린 결정이오?"

무진은 찌푸린 누보의 얼굴을 보고는 한탄의 표정을 지었다.

"일단은…… 그렇습니다."

"일단은?"

"저희 방장 사백께서 도독부에서 정말로 원하신다면야 당연히 그렇게 해드리겠다고 하셨습니다."

누보가 짜증을 냈다.

"같은 말을 몇 번 하게 만드는 거요! 당연히 원하니까 내가 거기까지 가서 윗분들의 말을 전한 것 아니오!"

"뭐, 그러시다면."

무진은 짐짓 한숨을 쉬며 고개를 설레설레 저었다.

"그럼 돌아가기 전에 한마디만 여쭙고 가겠습니다."

"말해 보시오."

"중군도독께서 원하신 게 맞지요? 본사의 속가제자인 장건이를 원한 분이 중군도독이신 거죠?"

"맞다니까!"

"아, 그러니까 제 말씀은…… 중군도독께서 지목한 이유가 사사로운 것인지 공적인 부분인지 알려주십사 하는 것입니다."

소림사에서는 중군도독이 혹시나 여식의 혼사를 위해서 장건을 부른 것이 아닌가 하는 의견도 있었다. 그래서 은근히 속뜻을 감추고 물어본 것이다.

다행히도 누보는 의심치 않고 바로 대답했다.

"높으신 분들의 생각을 현령에 불과한 내가 어찌 짐작이나 하겠소? 하나 도독부에서 무공을 가르치기 위하여 초빙

한 것으로 알고 있소. 사사로울 일이 있소이까?"

"아닙니다. 그렇다면 저희도 할 말이 있기 때문에 그리 말씀드린 겁니다. 이만, 가보겠습니다. 괜한 일로 지체하여 죄송합니다."

누보의 눈이 가늘어졌다. 이쯤 되면 아무리 바보라도 무진이 따로 하고 싶은 얘기가 있다는 걸 눈치챌 수 있다.

"잠깐."

돌아가던 무진이 되돌아섰다.

"왜 그러십니까?"

"대체 하고 싶은 얘기가 무엇이요?"

"뭐…… 딱히 별말 아닙니다."

"지금 나랑 장난하는 거요?"

"현령께서 아실 필요는 없는 얘기지만……."

"거 참!"

"좋습니다. 말해드리지요."

무진은 조금 더 뜸을 들였다가 말했다.

"사실 저희 소림은 장건이를 중군도독부로 보내는 순간 속가제자에서 파문할 생각입니다. 더 이상 본사의 제자가 아니게 되는 거지요."

전혀 뜻밖의 얘기였기에 누보는 잠시 당황했다.

"뭐, 뭣?"

단순히 심부름꾼이며 보통의 관원에 불과한 누보는 자세

한 사정까지는 알지 못한다. 다만 장건이 소림의 속가제자가 아니고 파문 제자가 된다면 뭔가 윗분들의 생각과 다르게 될 테고, 그러면 결국은 그것이 중간에 제대로 하지 못한 자신의 책임이 될 터였다.

무진은 말을 마치고 더 이상 볼일이 없다는 태도로 반장을 했다.

"말씀을 드렸으니 전 이만."

누보는 정신이 없는데 무진은 자꾸 자신이 할 말만 하고 가려 한다.

"자, 자, 자…… 잠깐!"

누보는 뛰어 나와서 무진을 붙들었다.

"이보시오. 말을 했으면 설명을 해야지! 왜 멀쩡한 제자를 파문한다는 것이오? 뭐, 마음에 안 드는 게 있어 항의라도 하려는 거요?"

갑자기 무진이 누보를 째려보았다.

"뭐라고요? 항의요?"

누보가 흠칫 놀라 잡은 옷깃을 놓았는데 그 순간 무진이 언성을 높였다.

제정신이냐는 듯, 무진이 눈을 동그랗게 뜨고 소리쳤다.

"아니 그럼, 지금 현령께선 다 같이 죽자는 말씀이십니까? 그래야 속이 시원하시겠습니까? 현령님도 죽고 우리도 죽고?"

"헉! 죽어……요? 누가 죽자고 했소? 그게 무슨……."

기가 막히고 황당해서 말도 못하고 입만 반쯤 벌린 누보다.

누보는 한참을 더 그러고 있다가 겨우 정신을 수습하고는 허둥지둥하며 무진을 붙들었다.

아무래도 심상치가 않다.

"잠깐 가지 말고 기다려 보시오. 자자, 안에 들어가서 차라도 한잔 하면서."

관원들에게 무진을 안으로 데려가라며 누보가 등을 보이자, 무진은 그제야 겨우 참고 있던 한숨을 내쉬었다.

*   *   *

무진이 와서 이상한 말을 했다는 얘기는 관청 별채에 있던 야용비와 냉고사에게도 전해졌다.

"뭐라고요?"

황당해하는 야용비에게 냉고사가 들은 대로 말했다.

"같이 죽고 싶어 환장했냐고 눈을 까뒤집고 난리를 피웠다 합니다."

"하? 그래서 따르지 못하겠다?"

"따르긴 하겠는데 그 즉시 전승자를 파문시키겠다고 했답니다."

"들은 대로 황당한 자들이로군요. 어떤 식으로든 이쪽의 의도를 따르지 않겠다는 것인가요?"

"빙정석을 내놓은 시점에서 본궁의 존재를 눈치챘을 수도 있습니다."

"우리의 존재를 눈치챘다고 해도 소림사는 가진 정보가 적어요. 무슨 의도인지까지는 알지 못할 거예요. 그리고 손발이 묶인 상황에선 설사 눈치를 챘다고 해도 어찌할 수가 없죠."

야용비는 미간을 찡그렸다.

"아니, 그런데 도대체 어떻게 하면 같이 죽고 싶으냐는 말이 나올 수 있는 거죠? 나는 전혀 상상이 되질 않아요! 그게 화가 난다구요!"

* * *

자신의 선에서 해결이 되지 않는다는 걸 안 누보는 무진을 종암에게 데려갔다.

가능한 개입을 꺼려야 했던 종암으로서는 달가운 일이 아니었으나, 어쩔 수 없는 일이었다. 그것은 무진도 마찬가지였다. 원호로부터 특명을 받고 왔으나 아직까지 종암이 남아 있을 줄은 몰랐다. 상대가 나쁘다. 아무래도 산전수전을 다 겪은 종암을 상대로 하기엔 부족한 것이 사실이다.

무진은 잠깐 동안 종암을 보며 아무 행동도 하지 않았다. 종암 역시 가만히 무진을 보기만 했다.

한 명은 소림을 핍박한 본인이고 한 명은 핍박당한 문파의 대제자다. 불편한 분위기가 집무실을 잔뜩 메웠다.

옆에 있던 누보가 오히려 더 안달이 나서 염통이 쪼그라들 지경이었다.

거의 차 한 잔을 마시고 날 정도의 어색한 시간이 지난 후에야 무진이 반장하며 머리를 숙였다.

"또 뵙습니다."

종암은 표정 변화 하나 없이 응대했다.

"어서 오게."

"황궁으로 돌아가신 줄 알았……."

그 순간 종암이 탁자를 가볍게 쳤다.

탁!

탁자 위에 잔뜩 쌓인 죽간과 서류들이 흔들거렸다.

"보다시피 공무로 바쁜 사람이네. 용건만 말하도록 하지. 그래, 소림사에서 약속한 바를 지키지 못하겠다고?"

무진은 바로 대답하지 않고 조용히 심호흡을 하며 종암을 쳐다보기만 했다. 지켜보는 누보만 죽을 것 같은 표정이었다. 금의위의 수장이 묻는 말에 어디 감히 대답을 않고 빳빳이 쳐다본단 말인가!

"어, 어서 대답하지 못할까? 뉘 안전이라고!"

대도무문(大道無門) 191

누보가 속이 타서 채근했다.

그러나 무진이라고 대답을 하고 싶지 않아서 안 하는 것이 아니다. 분명히 아무런 살기가 느껴지지 않음에도 무진은 종암에게 압도되고 있었다.

압박의 강도가 서서히 더해진다. 무진을 굴복시키려는 종암의 마음이 무형의 공력으로 발현되어 무진의 어깨를 짓눌렀다. 공기가 무거워서 숨조차 제대로 쉬어지지 않는다.

몇 번의 호흡을 할 시간이 지나는 동안 벌써 무진은 얼굴이 새빨개졌다. 그제야 누보도 뭔가 이상함을 깨닫고 입을 다물었다.

어마어마하다.

'이것이 우내십존!'

예전의 무진이라면 무릎을 꿇었을지도 모른다. 하나 무진은 장건을 만나고 좀 더 불가의 가르침을 가까이하면서 전과는 많이 바뀌었다. 외적인 수련에 집중할 때보다 오히려 무공도 늘었다. 한데 그보다도 더 큰 성과는 바로 부동심이 강해졌다는 점이다.

무진은 흔들리지 않고 불호를 외며 집중했다. 얼마 지나지 않아 금세 호흡이 안정되는 것을 깨달았다.

종암의 압박을 완전히 벗어나진 못했지만 겨우 마음을 진정시킬 수 있게 되었다.

종암의 눈빛이 살짝 이채를 띠었다. 무진도 종암의 눈빛이 달라진 걸 알아챘다. 자신이 어떤 상태에 있는지 알고 있을 것이다. 종암 같은 고수라면 이미 무진이 방 안에 들어설 때부터 호흡까지 세고 있었을 테니 새삼스러운 일은 아니지만.

 호흡을 고른 무진은 당당히 대답했다.

 "약속한 바를 지키지 않겠다고 한 적은 없습니다."

 종암은 기세를 거두지 않고 되물었다.

 "그렇다면 어째서 지목한 자를 데려오지 않았는가?"

 "최종적으로 한 번 더 확인하고 싶었을 따름입니다. 본사로서도 제자를 파문하는 일은 쉬운 일이 아닌데 어찌 무작정 따르라고만 하십니까?"

 "도독부에서 무공 교두로 초청했다는 건 나랏일에 관련된 영광스러운 일이다. 기쁜 마음으로 따르지 않고 어찌하여 제자를 파문하겠다는 비뚤어진 결론을 내렸는가?"

 "그야."

 무진은 종암의 눈을 똑바로 쳐다보며 대답했다.

 "영광된 일을 하자고 본사가 망할 순 없는 노릇 아니겠습니까? 고난이야 지금으로도 충분합니다."

 종암의 이마에 주름살이 그려졌다. 무진의 당당한 태도가 불쾌하면서도 의문스러운 것이다.

 "보내지 않으면 어떤 불이익이 있는지 잘 알고 있을 텐데."

"배고픈 것이야 참을 수 있지만 아주 망해서 없어지는 것에 비할 순 없지요."

문득 종암은 이를 갈았다. 무진이 자꾸만 망한다고 하면서 이유는 말하지 않고 있었기 때문이다.

자신이 이유를 묻는 순간 상대의 의도에 걸려든다는 걸 알 수 있었다.

이것이야말로 소림이 준비한 최후의 비책일 터다.

하지만 알면서도 묻지 않을 수가 없다!

잠시 고민하던 종암은 어쩔 수 없이 짜증스러운 티를 팍팍 드러내며 물었다.

"이유는?"

무진은 이제 완전히 여유를 찾았다.

"본사의 제자인 장건이 어떤 이유로 중군도독부의 자제들과 마찰을 일으키게 되었는지 잊으셨습니까? 도독부는 황궁의 심처에 있지요. 만약 그곳에서 같은 일이 벌어지게 된다면."

무진은 입가에 옅은 미소까지 머금었다.

"감당하실 수 있겠습니까?"

*   *   *

야용비가 어이없어하며 종암을 보고 소리쳤다.

종암이 무진을 돌려보냈기 때문이다.

"그래서? 그냥 보냈다고요?"

"일단은 그럴 수밖에 없었소. 소림사는 자신들이 위험을 감당할 수 없기 때문에 전승자를 파문하겠다고 미리 우리에게 경고하였소. 그러니 억지로 일을 성사시킨다면 그 이후의 책임은 오롯이 내가, 혹은 중군도독부에서 지게 되는 것이오."

"하아……."

"사실 중군도독부는 단순히 이름을 빌려주는 역할에 불과하였으니 괜한 위험을 감수하면서까지 지원하지 않을 게 뻔하오."

"도대체 그 위험이란 게 뭐길래 그러는 거죠?"

"전승자가 사고를 칠 위험이오."

"네?"

야용비가 황당한 얼굴로 되물었다.

"지금 내가 뭘 잘못 들었나요? 사고를 친 것도 아니고, 사고를 칠 가능성 때문이라고요?"

"제대로 들었소."

"뭐 그런 말도 안 되는 이유가……."

"말도 안 되는 이유가 아니오. 전승자가 술에 취해 중군도독부를 공격한 사건이 있었잖소. 소림의 대제자가 한 말에 따르면 전승자는 개방의 무공을 잘못 익혀 술을 조금만 마셔도 대취(大醉)한다고 하오. 지난번처럼 인사불성이 되면 누굴 공격할지, 무슨 일이 벌어지게 될지 알 수 없다 하오."

"그런 무공이 있다고요?"

종암은 잠깐 말을 잇지 않았으나 이내 고개를 저었다.

"그런 무공이 실재하는지는 중요하지 않소. 전승자가 실제 행동으로 증명한 적이 있다는 게 중요한 거요. 제정신으로 중군도독부에 대항할 수 있다고 생각하오?"

"기가 막히는군요. 그건 우리 쪽에서 구실로 삼았던 얘기인데, 그걸 소림사에서 반대로 이용할 줄이야."

종암은 불만스러운 표정의 야용비를 보면서 인상을 썼다.

"중군도독부는 조정의 청사들이 밀집된 곳에 있소. 더구나 황궁이 바로 지척이오. 작은 사건이라도 황상의 귀에 들어가지 않을 도리가 없소. 그곳에서 난동을 피우는 것은 나라의 기강과 황궁의 위엄, 황상의 안위와도 직결되기 때문에 역적죄에 준하여 다스리게 되오."

"그렇겠죠."

"더구나 그 난동을 부리는 자가 다른 사람도 아닌 북해의 고수를 일격으로 날려버린 자이며, 또한 금의위와 관병 수백을 손가락 하나 까딱하지 않고 날려버린 괴물이란 말이지. 결국엔 제압이 되겠으나 그때까지 얼마나 큰 난리가 벌어질지 상상하기도 어렵소. 황상은 결코 이를 묵과하지 않을 것이오."

야용비는 여전히 불만스러웠으나 입을 다물고 있었다.

"가뜩이나 황상은 불안해하고 있소. 때문에 다른 곳도 아닌 황궁에서 그 같은 일이 벌어지면 황상의 진노는 극에 달할 것이오. 그 진노는 위험을 알면서도 무시한 우리에게 제일 처음 떨어질 테고, 이번 계획은 고스란히 묻히는 방향으로 진행될 거요."

"어째서죠? 화가 나서 강호 무림을 쓸어버리겠다는 게 아니라요?"

"나야 그리되기를 바라는 바이지만, 그랬다간 사태가 걷잡을 수 없이 커져 나라의 반이 통째로 날아가 버릴 거외다. 때문에 황상조차 강호 무림의 멸절을 고려하지 못하고 있소. 그러니 애초에 강호 무림을 분열시켜 약화시키는 방향으로 계획이 세워진 것이기도 하오."

"한낱 술 때문에 그런 일까지 벌어진다니……. 믿기 어렵지만, 그렇다면 어쨌거나 술을 마시지 못하게 하면 되지 않겠어요?"

"우리가 실패하기를 원하는 작자들은 도처에 존재하오. 이를테면 억지로 이번 계획에 동참하긴 했으나 실제로는 우리를 경계하고 있는 동창이라거나……."

대도무문(大道無門) 197

금의위와 동창은 음지 권력의 양대 핵심이다. 하나 최근에 금의위가 황제로부터 강호 무림에 대한 독점적 권한을 부여받으면서 사실상 세가 밀렸다는 평이다. 당연히 불만을 가지고 있을 터였다.

"뿐만 아니라 여타의 고관대작들 또한 본 위를 좋게 보지 않고 있는 것 또한 사실이오."

야용비는 비릿한 조소를 지었다.

"결국은 이번 계획의 가장 결정적인 위험 요소는 전승자가 아니었군요? 그보다 본질적인 위험 요소가 바로 정치적 알력이라니! 그것참, 대단하네요."

"어쩔 수 없소."

상식적으로 장건이 사고를 치면 소림사가 그 피해를 고스란히 떠안아야 한다. 그러나 소림사는 오히려 그것을 역이용해서 '너네라고 멀쩡할 줄 알아? 다 같이 죽든가 아니면 너희만 죽어!' 하고 달려든 것이다!

그야말로 허를 찔렸다고나 할까.

"솔직히 말하자면 그대의 계획은 나쁘지 않았소. 다만, 이번엔 소림사가 대단했다고 할 수밖에."

종암은 대답 없이 생각에 잠긴 야용비에게 다시 말을 건넸다.

"당분간 북해는 중소 문파의 세력을 규합하는 데에 집중하는 게 좋겠소. 그 또한 시간을 끌 일이 아니오."

"아뇨."

야용비가 쳇 하고 말을 내뱉었다.

"이대로 끝낼 수는 없어요. 전승자는 어떠한 일이 있어도 제거되어야 해요. 암살을 해서라도. 그렇지 않으면 추가로 도착하게 될 본궁의 일천 정예와 본궁의 고수들을 제대로 활용할 수 없게 돼요."

종암이 눈살을 찌푸렸다.

"지금은 보는 눈이 너무 많소. 전승자에 대한 암살은 강호 무림에 경각심을 불러일으킬 수 있다고 하지 않았소."

"그렇죠? 그러니까 당장 상황이 안 된다면 이목이 줄어들 때를 기다려야 해요. 그때의 기회를 놓치지 않기 위해서라도 전승자는 우리가 제어할 수 있는 상황 안에 두어야 해요."

야용비는 잠깐 생각하더니 곧 코웃음을 치며 말했다.

"그럼 이렇게 하죠."

"무엇을 말이오?"

"황궁이란 장소가 부담된다면 장소를 바꿔버리지요."

"장소를?"

"도독부의 군사 중에서 몇을 뽑아서 도독부가 아닌 다른 곳에서 가르치도록 하자는 거예요. 소림사는 황궁이 부담되어 보내지 않겠다고 한 거지, 전승자를 보내지 않겠다고 한 건 아니니까요."

"흐음."

"소림사가 아무리 머리를 굴려도 명분은 이쪽에 있어요. 이를테면 '소림사의 우려는 충분히 설득력이 있다고 인정한다. 이에 소림사의 이의를 받아들여 장소를 변경한다.'는 식으로요."

종암은 일리가 있다 생각하고 고개를 끄덕였다.

"좋은 생각이오. 그럼 장소는 어디가 좋겠소?"

"우선 너무 먼 곳은 안 되겠죠. 어차피 중군도독부의 관할 지역 내여야 할 테고요. 그러나 소림에서 너무 멀어도 좋지 않아요."

"그럴 바에야 타 문파의 영역으로 보내는 건 어떻소? 타 문파의 영역에서 소림사의 제자가 사고를 친다면 상당한 갈등이 야기될 거요."

"아뇨. 이 계획의 목적은 우리가 강호 무림에 완벽한 판을 구축하는 동안 전승자의 발목을 묶어 두기 위한 거예요. 그러자면 전승자는 가능한 드러나서는 안 돼요. 타 문파와 갈등을 조장하면 소림사를 더 억누를 수 있을지는 모르나 전승자의 이름은 어떤 식으로든 사람들의 입에서 회자될 거예요. 그건 우리가 원하는 바가 아니죠. 어차피 소림사야 늙은 사자. 더 뽑을 이빨도 없구요."

야용비가 부연했다.

"다시 한 번 강조하지만, 전승자는 최소 일 년 동안은 존재조차 잊힐 정도로 부각되어서는 안 돼요. 그러면서도 혹시 전승자가 사고를 쳤을 시에 소림이 압박을 느낄 수 있는, 그러니까 소림사의 힘이 미치는 영역 안이 제일 좋겠어요. 반면에 우리는 전승자가 사고를 일으켜도 조용히 묻고 지나갈 수 있을 정도로 주변 환경을 완벽히 제어할 수 있는 곳이 좋죠. 그래야 후에 아무도 모르게 시체로 만들기에도 용이하고요."

"그렇다면."

종암과 야용비의 시선이 마주쳤다. 둘은 동시에 고개를 끄덕였다.

"바로 이곳 등봉현이 전승자의 무덤으로 삼기에 가장 좋은 곳이죠."

결국 장소는 등봉현의 북쪽, 인적이 드문 산중의 커다란 장원으로 정해졌다.

* * *

소림으로서는 다소 의아하긴 했다. 그렇게까지 관부에서 장건을 데려다가 무공을 배우겠다는 이유가 무엇인지 도저히 알 수가 없었다.

하나 황궁이 아니라 가까운 등봉현으로의 파견이라면 딱히 나쁜 조건은 아니었다. 하다못해 장건이 사고를 쳐도 소림사가 어떻게든 영향력을 발휘해서 무마할 수도 있는 범위 내였다.

그러나 문제는 장건이었다.

소림을 벗어나 관부에서 일 년간 무공을 가르쳐야 한다는 점을 받아들일 수 없었던 것이다. 소림을 벗어나 살아야 한다는 사실 자체가 장건에게는 큰 부담일 수밖에 없었다.

제아무리 미신에 가까운 얘기라 해도 그 얘기를 믿고 구년을 소림에서 살았다. 이제 와서 '괜찮겠지.' 하고 함부로 행동할 수도 없는 노릇이었다. 그러다 보니 소림도 마냥 강요하기가 어려웠다.

굉운의 생명을 구하는 길과 가족이 해를 입는 길, 둘을 놓고 장건에게 결정하라 하는 건 너무 가혹한 일이었다.

그리하여 원호는 또다시 몇 날 며칠 밤을 새워 고민을 했다…….

* * *

소림으로부터 원호의 친서가 도착했다.

종암과 야용비는 서신을 받고 약간의 공황 상태 비슷한 것에 빠져 있었다.

"이거…… 분명히 우리 제의에 적극 따르겠다고 하는 편지가 맞는 거죠?"

"그런 것 같소……."
"그럼 이건 무슨 의미죠?"
야용비가 서신을 펼쳐서 한 부분을 가리켰다.
원호의 자필로 쓰인 부분이었다.

　―폐사(弊寺)의 속가제자 장건을 기일에 맞추어 지정한 장원으로 매일 출근토록 하겠습니다. 다시 한 번 넓은 아량으로 이해해주심에 감사드립니다.

다른 건 모르겠는데 딱 한 마디가 자꾸만 눈에 거슬린다.
"출근……."
그 한 마디가 목에 걸린 가시처럼 그렇게나 거치적거릴 수가 없는 것이었다!
"우리가 언제 출근하라 했죠?"
"그런 적 없소."
"그런데 왜 이러죠? 매일 출근을 하면 매일 퇴근도 하겠다는 얘기 아닌가요?"
"출퇴근이 안 된다고 한 적도 없소."
"……."
"소림사에서 우리가 지정한 장원까지 가려면 태실산의 홍석애(紅石崖)를 넘어가거나 평탄한 관도로 돌아가거나 해야 하오. 하지만 홍석애는 깎아지른 듯한 암석 절벽으로 높이가 삼천오백 척(尺)이나 되어 어지간한 고수도 넘기 어렵소."

"관도를 통하면 돌아가더라도 백 리 남짓. 전승자라면 경공에도 조예가 있을 테니 반 시진이면 충분히 주파하겠죠."

야용비는 계속해서 의문을 떠올렸다.

"아니, 그런데 왜 굳이 출퇴근을 하겠다는 거죠? 왕복한 시진을 쓸데없이 길에서 낭비할 필요가 있을까요?"

"해코지를 당할까 주의하는……."

종암이 말을 하다가 멈추고 곧바로 자신의 말을 정정했다.

"사실 전승자의 무공이라면 어디서든 딱히 위험할 일이 없겠구려. 그리고 암살을 경계한다면 오히려 오가는 길이 더 위험할 수 있지."

"그러니까요. 도대체 왜?"

종암과 야용비는 한참을 고민했으나 충분한 결론을 내리지 못했다.

가장 설득력 있는 이유로 '관부의 말에 무조건 따르지는 못하겠다는 소림사 승려들의 못된 심통'이 아닐까 생각할 따름이었다.

그래도 다행인 건 장건이 출퇴근을 한다고 해도 변하는

게 없다는 점이었달까…….

혼자서 강호 무림의 판도를 완벽하게 재구성할 계획을 구상해내고 있는 야용비조차 소림사의 이번 행동은 도무지 이해할 수가 없는 것이었다.

때문에 야용비는 이후로도 꽤 오랜 시간을 고민에 빠져야 했다.

누군가에겐 절실한 이유라도 누군가에겐 아무런 의미 없는 행동일 수 있었다…….

*   *   *

소림사는 장건이 중군도독부의 무공 교두로 가게 되었다는 사실을 장건의 본가에도 알렸다.

장건의 본가에서는 당연히 난리가 났다.

하지만 걱정으로 사달이 난 게 아니라 기쁨과 환호로 난리가 났다.

"우리 건이가 무려 중군도독부의 무공 교두로 초청을 받아 간다네!"

장건의 부친은 장도윤은 친분이 있는 각계각층의 인사를 모두 초빙하여 성대한 연회를 열었다. 그중에는 관리도 여럿이었다.

사람들이 모두 장도윤에게 축하 인사를 건넸다.

"장 방주, 정말 축하드립니다."

"으하하, 고맙소. 고맙소."

장도윤은 연신 싱글벙글 입에서 웃음을 떼지 못했다.

관리인 듯한 점잖은 중년인 한 명이 술잔을 올리며 말했다.

"사실 자제분께서 중군도독부와 약간의 문제가 생기고 소림사에 불운이 겹칠 때 저희는 장 대인을 크게 걱정하였습니다. 한데 오히려 중군도독께서 자제분의 능력을 높이 사 중군도독부의 무공 교두로 삼으셨으니, 이 어찌 가문의 홍복(洪福)이라 하지 않을 수 있겠습니까."

사람들이 모두 '옳소'를 연호했다.

또 다른 손님이 일어나 잔을 권했다.

"듣자 하니 무공 교두는 종팔품의 관원 대우를 받게 된다고 합니다. 한시적이지만 나라의 녹을 먹는 관원으로서 관부에서의 인맥 또한 크게 넓어질 터. 자제분이 장 방주의 뒤를 이을 때 큰 도움이 될 것입니다."

손님들이 다시 축하한다는 말을 몇 번이고 외쳐댔다. 강호 무림에서야 관과 협력하는 일을 부끄럽게 여기지만 늘 관, 무림과 마주쳐야 하는 상인들에게 그만한 인맥은 없어서 못 만들 지경인 것이다.

진상의 본단에서 나온 상인도 한마디를 했다.

"장 방주의 아드님은 관과 무림을 모두 아울러 크나큰

친분을 쌓아가고 있으니, 그야말로 앞으로 운성방의 행보는 더욱더 거칠 것이 없어지겠지요. 운성방은 이제 당대 최고의 상방이 되었음을 누구라도 인정하지 않을 수 없을 것입니다. 진심으로 축하드립니다."

사람들이 왁자지껄하며 장도윤을 축하했고 장도윤은 계속 답례를 하느라 허리를 펼 시간도 없었다.

"이것이 모두 여러분들이 염려해주신 덕분입니다. 오늘은 마음껏 드시고 아무 걱정 없이 노십시다!"

장도윤은 호기롭게 외치며 잔을 들었다.

"장 방주, 만세!"

"운성방의 발전을 위하여!"

수십 명이 넘는 손님들이 호화로운 요리를 먹고 마시며 밤새도록 연회는 계속되었다.

이번 일 때문에 소림사에서 얼마나 많은 고민과 불안의 밤을 보냈는지, 북해의 소주가 얼마나 많은 궁리를 했는지 전혀 알지 못한 채…….

심지어 장도윤은 장건을 왜 소림사에 보냈는지조차 잠시 잊고 있었다.

대도무문(大道無門) 207

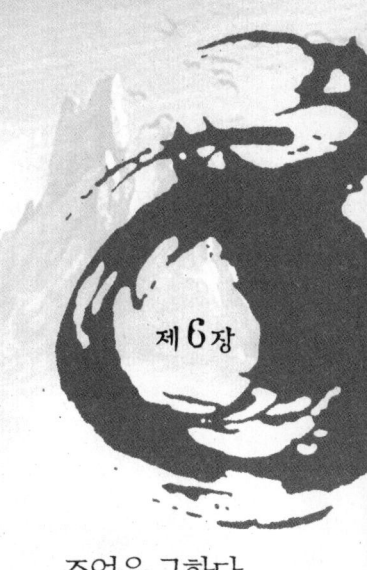

제6장

조언을 구하다

 장건의 무공 교두 차출 협의가 끝나자 일정과 계획도 천천히 잡혀가기 시작했다.

 여전히 원호를 비롯한 수뇌부들은 금의위, 도독부가 포함된 관부의 의도와 북해의 개입 의혹에 대해 고민해야 했지만, 장건이나 다른 제자들은 이번 일이 그렇게까지 고민할 만한 일이라고는 전혀 생각지 않는 중이었다.

 당장에 장건도 다른 생각보다는 도대체 무공 교두가 되어서 뭘 해야 하는지 알 수가 없어, 그것부터가 고민이었다.

* * *

장건은 생각 끝에 소림의 무공 교두인 원우를 찾아가 조언을 구하기로 했다.

"제가 거기 가서 뭘 해야 하는지 잘 모르겠어요."

원우는 장건을 그리 좋아하진 않았지만 성의껏 상담해주었다.

"흔히 관부에 무공을 가르치러 가는 건 그리 명예로운 자리라고는 할 수 없다. 하나 대외적으로 보이는 면이 있기 때문에 허투루 해서도 아니 된다. 네 행동이 곧 소림의 얼굴이라고 생각하거라."

"예."

"일단 네가 거기에서 해야 할 건 본사의 무공을 가르치는 것이다. 그러나 본파의 비전을 전해서는 안 되고, 내공 운용이 필요한 상승 무공을 가르쳐서도 안 된다. 예측건대 무공을 배우러 온 관부의 무사 대부분은 그만한 내공을 가지고 있지도 않을 것이다. 더구나 내공이 있어도 배운바 내공심법의 종류가 다르기 때문에 자칫 주화입마의 가능성이 높다."

"그럼 뭘 가르쳐야 하나요?"

사실은 그게 장건의 고민이기도 했다. 장건은 정식으로 단계를 밟아 배운 것이 아니라 홍오에게 배웠다. 한데 문제는 장건이 홍오에게 배운 무공들을 제대로 구별하지 못한다는 점이었다. 뭐가 비전이고 뭐가 소림의 무공이고 뭐가 남의 무공인지 모른다. 그러니 기준을 제시해도 기준대로 따를 수가 없어 막막하다.

하지만 원우가 생각하는 문제는 장건과는 전혀 달랐다. 관부의 무공 교두란 평범한 무공을 깊이 있게 가르치는 자리다. 하나 장건은 이제껏 워낙 통상을 벗어난 무공들을 선보였다. 정통 소림의 무공을 제대로 깊이 있게 잘 가르칠 수 있을지 걱정이 되는 것이다.

원우는 잠깐 생각하더니 몇 가지를 일러 주었다.

"권각법으로는 금강권, 조양권 등을 가르치고 보법으로는 나한보 정도를 가르치면 될 거다."

장건의 얼굴이 환해졌다.

"금강권하고 나한보는 저도 알고 있어요."

"그래. 어차피 매일 그곳까지 오간다고 하였으니 혹시 모른다고 하더라도 배울 수 있을……."

원우는 말을 하다말고 멈추었다.

"잠깐, 네가 금강권과 나한보를 안다고?"

"예."

원우는 미심쩍은 생각이 들었다. 당연한 의심이다. 하지만 그건 장건이 정말 아느냐는 의심이 아니다. 제대로 할 줄 알면서 안다고 하는지 의심하는 것이다.

장건이 무공을 사용하는 걸 본 사람이면 누구나 원우와

같은 의심을 가질 터였다.

"그렇다면 금강권의 투로(套路)를 한번 해 보아라."

"투로요? 어디서 들어본 것 같은데……."

"……."

의심이 불안함으로 변하는 데에는 그리 오래 걸리지 않았다.

"특정한 의미가 담긴 하나의 완결된 동작이 초식이라면 투로는 초식을 이어 만든 동작이다. 이 투로를 얼마나 자연스럽게 펼치느냐를 수련의 목적으로 삼는다……."

자기도 모르게 말끝이 흐려지는 원우였다. 장건이 머쓱하게 쳐다보고 있는데 그 표정이 무얼 의미하는지 알 것 같았기 때문이었다.

"아아! 그러고 보니 예전에 홍오 사백조께 붕산독립이라는 투로를 배우긴 한 거 같아요."

게다가 하필이면 홍오다.

"됐으니, 일단 아는 대로 한번 해 보거라."

장건은 마당 가운데에서 준비 자세를 펼쳤다.

금강권의 준비식은 양발을 적당히 벌려 보폭을 잡고 양손을 함께 뻗었다가 펼친 후, 한 다리를 들었다가 강한 진각을 밟으며 펼친 팔을 껴안듯 그러모아 합장하는 모습으로 돌아오는 자세다. 이것이 기본이다. 준비식에서 어떤 초식으로 이어지느냐에 따라 투로의 이름을 달리 부르기도 하지만 기수식은 같다. 그중에서도 장건이 배웠다던 금강권의 붕산독립 투로는 강중강(强中强)을 내세우는 태산과 같은 기세의 투로다.

장건은 신중하고 느릿하게 팔을 펼치기 시작했다.

원우는 자기도 모르게 감탄을 내뱉을 뻔했다.

'허?'

한눈에 보기에도 범상치 않다. 동작이 지렁이가 하품할 만큼 느릿한데 흐름이 전혀 끊이지 않고 흔들림도 일절 없다. 간단한 자세지만 이만큼 정갈한 동작은 십 년은 꼬박 수련해야 볼 수 있다.

행보여수에 따라 자연스레 천지기운을 내기로 갈무리하고 공수의 조화가 완벽한 삼첨일조의 묘리까지, 그 짧은 동작에 모두 담겨 있다.

'대단하군.'

하지만 원우를 더 놀랍게 만든 것은 그러한 장건의 동작이 매우 '평범하다'는 점이었다. 당장에 걷는 것만 봐도 이상한 아이가 준비식은 제대로 하고 있다는 게 매우 놀라운 것이다!

그렇게 장건은 팔을 벌리는가 싶더니 벌리다 말고 합장하듯 모으며 마보로 앉았다. 합장을 한 듯 만 듯한 자세를 취했다. 그러고는 움직이지 않고 가만히 있는다.

"……."

조언을 구하다

원우의 얼굴이 일그러졌다.

아무래도 저게 준비식을 다 한 건가 보다.

원우가 아는 준비식에서 반도 넘게 뚝 잘라먹었다. 도대체가 기대를 배반하지 않는 장건이다.

하지만 장건의 눈빛을 보니 아직 투로 자체는 끝나지 않은 모양이었다.

주변의 기가 요동치는 것이 느껴진다.

갑자기 원우는 살짝 소름이 끼쳤다. 하는 모양은 우스웠지만 결과물은 전혀 우습지 않다!

일순 장건의 눈빛이 변하더니 번개처럼 주먹을 내질렀다.

솔직히 원우는 장건이 주먹을 내지르는 것도 제대로 보지 못했다. 그야말로 엄청난 빠르기였다.

쏴아아아!

두 번의 바람이 불어왔다.

장건은 권을 내지른 자세로 멈춰 서 있었다. 물론 엉거주춤한 마보에서 주먹만 내지른 상태…….

그러고는 원우를 슬쩍 쳐다본다.

원우가 길게 한숨을 내쉬며 물었다.

"그게 다냐?"

"네……."

어째 좀 제대로 하는가 싶더니!

뭘 하다 말고 다 했다고!

원우는 끙 하고 골머리를 붙들었다.

장건이 내지른 주먹 아래로 마당의 흙바닥이 빗살 모양으로 길게 쓸려 있었다.

권풍만으로 이 정도라니! 원우라도 감탄하지 않을 수 없다.

하지만 장건의 실력이야 사실 이전에 이미 증명된 것이고, 지금 이 자리에서 장건의 무공 실력을 보자는 건 아니지 않은가.

"그럼 나한보를 보자."

아무것도 하지 않고 있는 장건의 뒷머리가 저 혼자 들썩거렸다.

"그건 평소에 늘 하고 있어서 따로 보여 드릴 건 없는데요."

원우는 바로 감을 잡았다. 평소에 나무토막처럼 희한하게 걸어 다니는 게 나한보라는 걸.

"됐다."

원우는 옷소매를 휙 접으며 장건에게 비켜서 있으라는 손짓을 했다.

"남에게 가르친다는 건 자신이 할 수 있는 것과 다른 법이다. 내가 보여줄 터이니 잘 보고 기억해서 그대로만 하거라. 네가 기본이 없는 건 아니니 금세 할 수 있을 게다."

조언을 구하다 217

　　　　*　　　*　　　*

"엄청 화를 내셨다구요?"

"네……."

장건은 풀이 죽어 있었다.

하지만 세 소녀는 깔깔대고 웃고 싶은 걸 겨우 참았다. 보지 않아도 당시의 모습이 눈에 훤히 보였다.

장건은 불필요한 행동을 하지 않으려는 체질이라 평범하게 걷는 것조차 힘들어한다. 그런 장건에게 평범한 초식과 투로를 하라고 하면 그게 될 리가 없다.

"그래서 뭐라고 하셨는데요?"

"그냥…… 그렇게 하기 싫으면 제가 하고 싶은 대로 하라고 그러셨어요……."

제갈영이 위로의 말을 건네었다.

"오라버니! 너무 실망하지 마. 그래도 영이에겐 오라버니가 최고야."

백리연도 거들었다.

"그래요. 원래 남을 가르친다는 게 생각보다 어려운 법이거든요."

양소은이 혀를 차며 말했다.

"무공 가르치는 게 뭐가 어렵다고. 내가 진짜 쉬운 방법을 알려줘?"

장건이 귀를 쫑긋 세웠다.

"그런 방법이 있어요?"

"그러엄. 별로 어렵지 않아. 그냥 못하면 패면 돼. 몇 대 패면 알아서 잘하더라고."

"……그건 좀."

"거짓말 아냐. 내 아버지 보면 몰라? 우리 양가장이 어떻게 강호 최고의 무림 세가인 남궁가하고 맨날 맞먹겠어. 무사들 실력은 우리가 월등하거든. 하도 아버지한테 두들겨 맞으면서 배우다 보니까 일반 무사들 실력이 매일 쑥쑥 늘어나더라고."

제갈영이 흥 하고 코웃음을 쳤다.

"지난번에 그래서 아버지가 싫다고 했으면서? 아버지도 때려줄 수 있는 강한 사람이 좋다며?"

양소은의 얼굴이 빨개졌다.

"야! 그건 우리끼리 한 얘기를……."

백리연이 고개를 설레설레 저었다.

"문파 내도 아니고 관부에 공무로 나가서 사람을 때리며 가르친다고요? 아무리 생각해도 그건 아닌 것 같네요."

"아, 그냥 해 본 말이야, 해 본 말. 내가 무슨 그렇게 무식한 사람인 줄 알아?"

"농담같이 안 들리던데요."

"아니라니까?"

제갈영이 끼어들었다.

"근데 정말 애매하긴 하다. 뭘 어떻게 가르쳐야 할지 상상이 안 되네. 진짜 오라버니가 하고 싶은 대로 가르쳐야 할 거 같아."

장건이 곤란스러운 얼굴로 한숨을 푹푹 내쉬었다.

"하지만 내가 잘못하면 우리 소림의 명예에 먹칠을 하게 되니까, 그게 걱정이 돼. 잘해야 할 텐데."

"그러게."

백리연이 '아!' 하고 뭔가 생각난 듯 말했다.

"그럼, 그냥 있는 그대로 가르쳐 주면 안 돼요?"

"있는 그대로요?"

"네. 지금 장 소협이 하는 무공을 그대로 가르쳐 주는 거예요. 굳이 소림사의 무공을 교본처럼 가르쳐 주지 않더라도, 장 소협이 익힌 대로 가르쳐 주는 거죠."

"괜찮을까요?"

"장 소협의 무공이 이미 강호의 일절로 꼽히는데 누가 싫어하겠어요."

양소은이 손뼉을 쳤다.

"이야, 그거 좋은 생각이다! 그러면 되겠네! 나도 배우고 싶다."

장건이 생각해 보니 그럴싸하다. 애초에 소림의 무공을

그대로 알려줄 수 없다면 자신이 익힌 대로 알려주어도 될 것 같다. 어차피 불필요한 부분을 뺀 것이라 장건의 생각에는 훨씬 효율적인 '소림 무공'이기 때문이다.

제갈영도 좋아했다.

"그럼 시험 삼아 원우 대사님께 보여드린 금강권을 우리에게 가르쳐줘 봐."

"그럴까?"

장건도 기분이 풀려서 신이 났는지 곧장 자리에서 일어났다.

"그럼 해 볼게."

장건은 금방 자세를 취했다. 금강권 투로를 위한 준비식이다.

제갈영이 요청했다.

"장 선생님, 설명도 해주세요."

"알았어."

장건은 잠시 생각했다가 설명을 했다.

"우선 마보를 취하고요, 고개를 곧장 들고 턱을 숙여서 목뼈와 목뼈에 붙어 있는 등뼈를 반 치 정도 기울어지게 당겨요. 그리고 양어깨를 수축시키면서 여기 목 양쪽에 붙어 있는 근육과 핏줄을 아래쪽으로 처지도록 내려야 하는데요."

제갈영이 손을 들었다.

"장 선생님! 영이 질문 있어요. 목에 붙은 근육이 귀 뒤에서 쇄골까지 이어진 근육을 말하는 거예요?"

삼류 무관이 아니라 이름난 무림 세가는 무학을 배우며 인체에 대해서도 자세히 공부하게 된다. 양소은이 성대 옆의 목을 가리키며 말했다.

"흉쇄유돌근."

장건이 고개를 끄덕였다.

"네, 그거예요."

제갈영이 눈을 빛냈다.

"근데 그걸 어떻게 아래로 내려? 이렇게 하면 돼요?"

제갈영이 자라처럼 목을 움츠렸다. 하지만 장건은 그렇게 한 적이 없었다.

"아니, 그렇게 하는 게 아냐. 흉쇄유돌근이라고 하는 근육 말고 그 뒤쪽의 여섯 근육까지 다 같이 내리면 안 돼. 그럼 어깨가 안으로 수축되는 게 아니라 위로 들려서 중심이 너무 위로 치우치거든. 흉쇄유돌근만 아래로 눌러서 쇄골을 아래로 파인 모양으로 만들어야 해."

"쇄골을 팔(八) 자를 거꾸로 한 모양으로?"

그게 되나? 쇄골을 마음대로 움직이는 게?

흉쇄유돌근은 목 양쪽으로 있는데 위는 두개골에 붙어 있고 아래는 쇄골에 붙어 있다. 그러니까 이걸 아래로 누른다는 건 말이 되지 않는다.

장건은 아무렇지 않게 대답했다.

"응."

제갈영은 더 묻지도 못하고 눈만 깜박거렸다. 장건이 된다는데 뭐라고 하겠는가!

장건이 설명을 이어갔다.

"흉쇄유돌근부터 쇄골, 갈비뼈는 명치 아래쪽으로 누르고 등뼈는 빨아들이듯이 안으로 당겨요. 근데 너무 심하게 당기면 심장이 앞뒤로 눌려서 박동이 세지거든요. 그러니까 심장의 근육을 살짝 풀어서 이완시키고 박동을 느리게 만들면서 박동의 진동은 그 밑에 붙어 있는 큰 판 같은 근육으로 전해줘요."

이번엔 양소은이 손을 들고 질문했다.

"목 근육과 가슴, 등은 당겨서 긴장을 시키고 심장은 이완시키라는 거야?"

"네."

호흡을 최대한 느리게 해 심장을 천천히 뛰게 만든다거나 하는 수법은 이미 존재한다. 귀식법(龜息法)이다. 거북이처럼 느리게 숨을 쉬어 몸의 장기가 거의 활동하지 않도록 만드는 수법이다.

그러나 이 경우에도 몸 전체가 이완되는 것이다. 심장의 앞뒤 근육은 긴장시키고 심장 자체만 따로 이완시키는 수법 같은 건 있지도 않다! 그것만도 불가능한 일인데 박동의 진동을 횡경막으로 전하라고?

'그건 또 어떻게 하는 건데!'

양소은도 제갈영처럼 눈만 깜박거리게 되었다. 장건은 대답이 된 줄 알고 말을 계속했다.

"동시에 복근과 골반의 뼈는 최대한 위쪽으로 밀어내 중심을 단전 위에서 모으는 거예요. 원래 한 다리를 들어서 독립보를 섰다가 진각을 밟아야 하는데요, 상체의 중심 전체를 이렇게 배꼽 위에 모았다가 한 번에 발바닥까지 튕겨 내면 진각을 밟지 않아도 똑같은 반동이 생겨나거든요. 그럼 진각을 밟을 필요가 없어져요."

백리연도 물었다.

"잠깐만요. 동작으로 보여주면 안 돼요? 말로만 설명을 하니까 이해가 잘 안 가요."

장건이 대답했다.

"지금 하고 있는 걸요."

장건은 처음부터 지금까지 약간 엉거주춤한 마보를 선 채 팔을 내린 그대로다.

"네?"

"지금 이 상태로 하는 중이에요. 몸을 크게 움직일 필요 없이 최소한으로 내부만 움직여서 똑같은 힘을 만들어 내는 거죠."

"예에……."

백리연도 금방 벙어리가 되었다.

"이제 팔과 다리에서 어떻게 힘이 움직이는지 설명할게요. 하체의 근육은 어떻게 움직이냐면……."

장건이 말을 하다가 멈추고 머리를 긁었다.

"아하하…… 말로 설명하려니까 좀 길고 복잡하네. 근육 이름을 모르니까 설명을 못 하겠어요. 발바닥 근육 열세 개를 쓰고 그 위로 관절과 뼈 사십 개가 움직이는 걸 설명해야 하는데요. 저는 맨날 하는 거니까 알겠는데, 가르친다는 건 정말 어렵네요."

"……."

"……."

"……."

세 소녀는 깨달았다.

장건의 움직임을 말로 설명하는 건 그리 어려운 게 아니라고.

하지만 안다고 해도 누구도 할 수 없을 거라고.

그건 마치 검성 윤언강이 공명검을 보여주면서 '의지로 베면 되느니라.' 하고 말하는 것과 비슷한 경우였다.

* * *

장건은 믿고 있던 세 소녀들에게도 퇴짜를 맞았다. 결국

그녀들도 포기해 버린 것이다.

그래서 장건은 소림으로 다시 올라오다가 이번엔 문원을 만났다.

문원은 코밑수염을 긁적거리면서 장건의 말을 들었다.

"어, 음······. 나 같은 불목하니가 뭘 알겠니."

슬쩍 발을 빼 보는 문원이었지만 오랜 세월을 살아온 깊은 연륜이 있는 만큼 장건의 고민은 충분히 이해하고 있었다.

"사실 이 문제는 말야, 내가 볼 때 굉장히 복잡다단해."

"네? 제가 그렇게 많이 잘못하고 있는 거예요?"

"아냐 아냐. 이걸 어떻게 설명해야 할까? 음."

문원이 빗자루를 들고 터벅터벅 그늘로 가 앉았다. 장건도 따라가 곁에 앉았다.

"사람은 말야. 나면서부터 혼자 할 줄 아는 게 숨 쉬는 거밖에 없어. 살아가면서 말도 배우고 일도 배우고 그러는 거야. 하다못해 밥 짓는 것도 봐라. 밥만 본 사람은 밥을 쌀로 만드는지 뭘로 만드는지도 잘 몰라. 그리고 밥을 쇠솥에다 해야 할지 도기에 넣고 찔지, 그것도 몰라. 얼마나 불 조절을 해야 할지, 물은 또 얼마나 넣어야 할지도 당연히 모르겠지?"

"네."

"사람은 그래. 몰라도 언젠간 할 수 있게 되겠지만, 그때까지 엄청난 실패를 하게 될 수밖에 없어. 그래서 사람은 자기의 경험을 남에게 알려주면서 살아. 선생(先生)이라고 하잖니? 말 그대로 먼저 태어나 자신이 겪은 경험을 알려주는 사람. 너는 이런 실수는 하지 말아라, 그리고 이런 건 이렇게 하는 거다…… 하고 알려주는 사람."

문원이 약간 뻘쭘한 얼굴로 얼굴에 잔뜩 주름살을 만들며 웃었다.

"내 생각엔 그게 바로 누군가에게 '가르친다' 는 거야."
"아하."

장건은 조금 알겠다는 표정으로 고개를 끄덕였다.

"누군가에게 무언가를 가르친다는 건, 자신의 경험을 알려주는 것. 그러니까 결과를 가르친다기보다는 그 같은 결과를 만들어내기 위해 겪었던 자신의 경험을 알려주는 거라고 할 수 있겠지. 즉, 선생은 결론을 도출하기 위한 과정을 돕는 사람이 아닐까?"

문원이 조심스럽게 말했다.

"그런데 말야. 내가 안타까운 건 네가 누구에게 제대로 된 '가르침' 을 받지 못했다는 거야. 사람은 누군가에게 '가르침' 을 받음으로써 또 다른 누군가에게 '가르침' 을 줄 수가 있거든. 가르침을 받는다는 것 자체가 누군가를 가르칠 수 있는 '훈련' 이니까."

"저는 훈련이 안 되어 있는 건가요?"

"그렇다고 볼 수 있지. 아무래도 다른 아이들보다야 배운 시간도 적고, 그럴 만한 기간도 없었고. 근데 또 잘 생각해 보면 너도 누군가에게는 배운 과정이 있을 거야."

"그런가요?"

"말했잖니. 날 때부터 뚝 떨어진 듯이 다 배우고 태어난 사람은 없다고."

장건은 가만히 생각해 보았다. 그러고 보니 자신이 익힌 대부분은 홍오의 시연에서 배운 것이었다.

아니.

그 이전에도 있었다.

바로 굉목, 하분동이다.

"아하!"

장건은 수년 동안 하분동을 보면서 따라 해 왔다. 어찌 보면 장건의 기본은 하분동을 그대로 흉내 낸 데에서부터 시작했는지도 모른다. 하분동이 말로 가르친 건 아니지만 행동으로 가르친 셈이다.

"헤에? 있어요. 저도 있어요."

"그래? 그거 다행이구나. 근데 말이다, 사실 가르치는 걸 잘 못하겠다고 해서 너무 걱정하지 않아도 돼. 아까 말한 것처럼, 어떻게 가르쳐야 할지 뭘 가르쳐야 할지 잘 몰라도 마찬가지야. 시행착오를 좀 더 거칠 뿐인 거야. 실패한다 하더라도 노력하다 보면 결국 해낼 수 있단다. 사람은 태고(太古)부터 여태까지 늘 그렇게 살아왔어."

문원은 '에구구' 소리를 내며 허리를 두드리면서 일어났다.

"나는 그럼 가 봐야겠다."

문원은 떠나기 전에 잠시 장건을 지그시 바라보았다.

"나중에 혹시라도 너 가는 날에 내가 마중 나가지 않는다고 너무 섭섭해 하지 말구. 인연이라는 게 다 회자정리(會者定離)인 거여. 만나면 헤어질 때가 있는 것이지."

장건이 눈을 멀뚱히 뜨고 말했다.

"저 출퇴근 하는데요. 그럼 아침에 헤어지고 저녁에 뵈면 되겠네요."

"……아, 그랬지 참? 아이구, 이놈의 정신머리 봐라. 빨리 일이나 하러 가야겠다. 일이라도 열심히 해서 극락정토로 갈 공덕이나 쌓아야지, 원."

문원은 부끄러워하면서 순식간에 사라졌다.

"진짜 이상한 할아버지셔."

소림사에서 고수를 손꼽는다면 열 손가락 안에는 들고도 남을 이상한 불목하니 할아버지다.

어쨌거나 장건은 최소한 나아가야 할 방향 정도는 잡을 수 있게 되었다. 하지만 문원의 조언은 어디까지나 원론적인 면이 있었다. 장건에게는 시간이 없었다. 실질적인 방법도 필요했다.

"후웅."

장건은 원호에게 가서 물어볼까도 싶었다. 그런데 원호에게 자꾸 가기엔 어쩐지 미안했다. 원래 원호는 흰 수염한 올도 없이 새까맸는데 최근 들어 흰 수염이 하나둘 생기더니 지난번 이후로는 셀 수 없이 늘어선 지경이었다.

그것이 어쩐지 자신의 탓인 것 같아 무안했다.

*   *   *

장건은 소림으로 돌아가지 않고 다시 내려가 하분동을 찾아갔다. 역시 이럴 땐 하분동과 상의하는 게 제일 편하다.

하지만 하분동은 자리에 없고 운려와 하연홍만 집에 있었다.

"일거리를 찾으러 나가셨단다. 쉬시래도 그렇게 고집을 피우시는구나. 날품이라도 나가시겠다고."

"노사님다우시네요."

운려의 말에 장건은 웃음이 절로 나왔다. 절 안에 있든 밖에 나왔든, 승려든 속가이든 여전히 하분동은 하분동인 것이다.

하연홍이 운려에게 약사발을 건네고 장건에게는 차를 주었다.

"그런데 여긴 어쩐 일이야?"

"아, 그게."

장건은 간단히 자신의 고민을 털어놓았다.

사실 지난번에 장건의 행동을 보지 못했다면 운려와 하연홍은 장건의 얘기를 믿지 못했을 터였다. 하지만 이미 본 후라, 충분히 공감이 되고도 남았다.

운려가 한참 고개를 끄덕이며 듣더니 하연홍에게 물었다.

"좋은 생각 있으면 말해주렴."

운려는 아미파에 받아들여진 지 얼마 되지 않아 다시 속가가 되었다. 때문에 무공을 좋아해서 아미파를 매일 다니다시피 한 하연홍이 운려보다 더 무림의 생리에 대해 밝았다.

"그러니까 요약하자면 네가 아는 걸 설명하거나 보여주는 게 서투르다는 거지?"

"응."

"그럼 네가 굳이 시범을 보여주지 않아도 되잖아."

"응?"

하연홍이 어깨를 으쓱했다.

"원래 교두는 막 시범 보이고 그러지 않아. 어쩌다 가끔 시범을 보이기도 하지만, 보통은 그 밑에 있는 교관이 시범을 보이고 교두는 동작을 지적하고 그러는 거야."

"그러고 보니 교관에 대한 얘기는 들어 보지 못한 것 같아."

"하긴, 보통은 관부의 교관이 따로 있고 교두도 따로 있긴 해. 강호 문파에서 초청한 고수를 교두라고 불러 주긴 해도 기존의 교관과 교두와는 별개로 취급하거든. 그런데 이번엔 관청에서 가르치는 게 아니라 이상한 장원으로 간다니까……."

하연홍이 생각난 듯 말했다.

"아무래도 교관이 필요하지 않을까? 수련생이 얼마나 될지는 모르지만 혼자서 다 맡기에도 쉽지 않을 거구. 그리고 대신 시범을 보여줄 수 있는 사람이 있으면 너도 편할 거구."

장건은 눈을 휘둥그레 떴다.

"와, 대단하다. 난 그런 생각은 전혀 못 해봤어."

"뭘……."

하연홍은 별것 아닌 것처럼 대답했지만 고개를 살짝 치켜드는 게 기분이 좋은 모양이었다.

그런데 운려가 걱정스러운 투로 말했다.

"한데 교관으로 데려갈 사람이 있을지 모르겠구나. 관부에서 된다고 하더라도 소림사에서 보낼 만한 사람이 없을 게다."

"왜요, 할머니?"

"교관은 교두보다 직급이 낮은데, 그럼 소림에서 교관으로 보낼 사람은 여기 장 소협보다 배분이 낮은 사람을 보내야 하잖니. 하지만 현재 소림사에서 장 소협보다 배분이 낮은 정식 제자는 없고, 속가제자로만 추려서 보내기엔 다들 나이가 어려 남들 보기에 좋지도 않을 게다."

"흐응, 그것도 그러네요. 제 생각에 한 두어 명쯤은 교관이 있어야 할 거 같긴 한데요. 그럼 어쩐다?"

곰곰이 생각에 잠겨 있던 하연홍이 갑자기 픽 웃음을 터트렸다.

"왜?"

"적당한 사람이 생각났어. 있긴 한데, 그게 좀······."

"누군데?"

"많이 가르칠 게 아니니 무공을 이것저것 배운 사람은 아니어도 되고, 조예가 깊긴 하지만 실전을 할 게 아니니 굳이 내공이 깊은 사람은 필요하지 않고. 그리고 나이도 좀 있어서 건이를 잘 보필할 수 있으면서도 배분상으로 문제도 없는······."

거기까지 말했을 때 장건과 운려는 동시에 탄성을 냈다. 누군지 바로 알아챘다.

"아!"

운려가 웃어야 할지 말아야 할지 모르는 얼굴을 했다.

"좋아하실지 모르겠구나."

조언을 구하다

하연홍이 동조했다.

"저도 그게 걱정이긴 해요. 아무래도 좀 그렇겠죠?"

하지만 장건은 생각이 달랐다.

"아녜요. 노사님이라면 꼭 해주실 거예요. 우선 방장 사백님께 허락을 구하고 가능할지 여쭤 봐야겠어요. 좋은 조언, 고마워요!"

장건은 하분동이 무조건 해줄 거라고 확신에 차 있는 듯했다.

* * *

"……"

하분동은 매우 오랫동안 말이 없었다. 그러다가 결국은 퉁명스럽게 한마디를 던졌다.

"알았다."

대답하기까지 시간은 오래 걸렸지만 의외로 쉽게 승낙한 편이라 오히려 지켜보던 하연홍이나 운려가 더 놀랐다.

"헤헤. 그러실 줄 알았어요. 혼자는 너무 걱정됐는데 노사님하고 같이 간다니까 마음이 놓여요!"

장건이 웃자 하분동은 인상을 썼다.

"방장 대사가 부탁하기도 했고 나라에서 녹봉을 지급한다니까 하는 거다. 네 녀석이 어찌 되든 그게 나와 무슨 상관이냐."

"헤헤."

"끄응."

아무리 출퇴근이라고 해도 세상 경험이 없는 장건을 혼자 보내는 건 마음이 놓이는 일이 아니었다. 하분동도 속으로는 장건을 걱정하고 있었던 참이다. 하지만 그런 내색은 굳이 할 필요가 없었다. 어차피 일자리를 구해야 했던 참이라 승낙한 셈으로 쳤다.

하분동은 못 말리겠다는 투로 말했다.

"난 남에게 무공을 가르치는 걸 좋아하지 않는다. 내가 할 줄 아는 건 몇 개 되지 않는데, 그 중엔 외부로 전해져서는 안 되는 무공들도 있다. 그러니 나는 시연만 할 테고 실질적으로는 네가……."

하분동이 말을 하다가 멈추었다.

"관부에서 교관을 두 명까지는 동행해도 된다 했겠다?"

"네. 그런데 아직 노사님 말고는……."

"흐음, 그렇다면."

하분동은 한 명을 더 떠올렸다. 아무리 장건이 걱정되어서 수락한 일이라 해도 결국은 장건의 뒤치다꺼리를 하러 가는 일이나 다름없다. 이제 와 갑자기 장건을 사형이라 불러야 하는 것도 짜증 나는데 뒤치다꺼리까지 하기는 좀 그렇지 않은가! 그 정도는 누군가 다른 사람이 해 줘야 하지

조언을 구하다 235

않겠는가 말이다.
 하분동이 장건에게 말했다.
 "나랑 만날 사람이 있다."

*　　*　　*

 장건이 정식으로 처음 만난 '그'는 굉장히 고풍스럽고 의젓한 중년의 남자였다. 느긋한 미소에는 여유가 흘러넘치고 중후한 기세가 절로 흘러나와 어딘가 문파의 문주처럼 보였다.
 "이 아이는……."
 구이남이 장건을 보고 물었다.
 하분동은 길게 말할 필요 없이 짧게 대답했다.
 "내 사형이시다."
 "……."
 잠깐의 침묵이 흐르면서 구이남은 웃는 모습 그대로 경직된 듯 멈췄다.
 하분동은 장건에게 구이남을 소개했다.
 "이쪽은 내 아우님."
 "안녕하세요."
 하분동이 멈춰 있는 구이남에게 말했다.
 "인사드려라. 앞으로 중군도독부의 무공 교두로서, 네가 중군도독부의 무공 교관이 되면 모셔야 할 분이다."

"주, 중군도독부의 무공 교두가 이 꼬…… 아니, 이분!"

그 순간 구이남은 번개처럼 포권을 하며 허리를 직각으로 숙였다.

"처음 뵙겠습니다, 대형(大兄)!"

장건이 깜짝 놀랐다.

"아니, 대형이라는 말은 좀……."

구이남은 직각으로 포권한 채 능청스럽게도 말을 이었다.

"천하 영웅을 대하는데 나이가 무슨 상관입니까. 모시는 것만으로도 삼생의 영광입니다, 대형!"

"하하하……."

구이남의 너스레에 장건은 멋쩍게 웃고 말았다.

거기다 하분동이 한마디를 더했다.

"공적인 자리에서는 나 또한 사형으로 대우할 것이니 그리 알고."

"크……."

장건은 고개를 끄덕였다.

"알겠어요, 사제님."

* * *

촤창!

산중의 공터.

날카로운 금속성이 울렸다.

"후우."

고현은 뜨거운 숨을 불어내며 한숨 돌렸다.

주변은 온통 쇠스랑이나 갈퀴로 긁어놓은 듯 쑥밭이 되어 있다. 베어지고 부러져 쓰러진 나무들도 여럿이다. 뿌리째 뽑혀 나간 풀들은 셀 수도 없다.

얼마나 오래 비무를 하였는지 전신에서 김이 모락모락 피어오른다.

대여섯 걸음을 두고 떨어져 있는 태상은 고현과 달리 겉모습이 고요하기 이를 데 없다. 쇠로 만든 철장(鐵杖)을 들고 반나절 이상을 겨루었는데 말이다.

"태상은 정말 대단하오. 사람이 아니라 하늘이 낸 천인 같소. 족히 수백 초를 겨루었는데 태상의 옷깃 한 번 스치지 못하였구려."

태상은 철장으로 발바닥을 툭툭 쳐 흙을 떨어냈다.

"겉치레로 하는 말로 듣지 말게. 문주는 내가 이제껏 본 사람들 중 세 번째로 특출한 재능을 가진 무인일세."

"세 번째?"

기분 좋으라고 한 얘긴지 나쁘라고 한 얘긴지 알 순 없었으나 고현은 의문이 생겼다.

"흠……. 그중 첫 번째가 혹시 화산파의 검성이오?"

태상의 혈안(血眼)에 핏빛이 흘렀다. 그러나 화를 내는 것이 아니라 오히려 껄껄 웃었다.

"그 미련하기 짝이 없는 종자가? 어렸을 때부터 단 한 번도 날 이긴 적이 없는 멍청이가 어떻게 강호 최고의 재능을 가진 무인이라 할 수 있겠나!"

고현이 약간 저어하며 말했다.

"솔직히 말하자면 내겐 태상은 철옹성과도 같아 도저히 넘어설 수 없을 것 같아 보이오. 그런데 그런 태상을 단 일초식으로 쓰러뜨린 이가 검성이잖소. 내겐 그가 무신(武神)처럼 생각되오."

"쯧쯧. 문주의 생각에는 두 가지 모자란 점이 있으니 지적하리다."

태상은 혀를 찼다.

"첫 번째로, 내가 말한 것은 무력이 아니라 재능일세. 윤 가 놈의 재능은 아무리 좋게 꼽아도 백 위 안에 들기 어렵네. 많은 사람들이 착각하고 있는 공명검은 검의 극의가 아니라 수많은 상승검공의 하나일 뿐일세. 극의도 아닌 상승검공 하나 얻자고 평생을 바친 자가 무신이라니, 그건 말도 안 되는 소리지."

"하지만 그 공명검의 위력이 대단한 건 사실이지 않소."

"그게 두 번째일세. 나는 이미 공명검을 이길 수 있는 방도를 알고 있었으나 안타깝게도 그것을 행하지 못하였네. 하지만 문주라면 가능할 것일세."

"으음."

"못 믿는 얼굴이군. 크크."

태상이 고개를 들고 물었다.

"그럼 내 묻지. 내가 지금 문주와 하는 일이 무엇인 것 같은가?"

"매일 수십 가지 무공을 가르치고 또 그에 대한 파훼법을 함께 배우는 중이지만…… 미안하게도 내 자질이 부족해 다 따르지는 못하고 있잖소."

"자질이 부족해? 다시 한 번 말하지만 문주의 자질은 매우 뛰어나네. 그리고 내 예상보다 훨씬 높은 성취를 보여주고 있다네. 내가 문주에게 가르치는 수십 가지 무공의 초식과 내공 운용을 하루에 한 가지라도 이해할 수 있는 자가 강호에 그리 흔할 것 같은가?"

고현이 이마를 손가락으로 긁적였다.

"너무 많은 것을 매일 해서 그런지 모르겠는데 난 지금껏 배운 것을 다 기억할 수도 없소이다."

"기억할 필요 없네. 초식의 의미를 온전히 이해하고 정확하게 내공을 운용하는 것만으로도 충분하네. 나머지는 문주의 몸이 기억하고 있을 것일세."

태상은 말을 계속했다.

"문주의 단점은 홀로 수련을 오래 한 탓에 실제 대련의 경험이 부족했다는 점이네. 초식의 사용이 고지식하고 그에 따른 내공 운용의 묘가 부족하였네. 빠른 대응이 부족한 것을 무지막지한 내공으로 겨우 받치고 있었지. 하나 하루에 수십 가지 무공, 수백 가지 초식을 대련으로 소화하면서 그 같은 단점이 점차 사라져 가고 있네."

태상이 '이를테면' 하고 중얼거리며 몸을 움직였다.

약간 둔해 보이는 걸음을 옮기면서 재빠르게 철장을 휘둘렀다. 한 보 한 보가 굉장히 묵직해서 고현은 순간 굉장한 압박을 느꼈다. 그 묵직한 기운이 고스란히 철장에 담겼는데, 철장의 움직임은 또 전혀 상반되게 굉장히 유연하고 쾌속했다.

실로 정중동(靜中動)의 묘리가 그대로 드러나 있었다. 그러나 더욱 놀라운 것은 태상이 사용하는 보법과 봉술이 서로 다른 부류의 것이라는 점이었다.

고현은 신속하게 보법을 밟았다. 발놀림이 어찌나 빠른지 순식간에 흙먼지가 자욱해졌다. 그러면서 검을 치켜 올리는데, 그것은 재빠른 발놀림에 비해 수배나 느렸다.

철장이 수 개로 갈라져 사방을 두드렸다. 느린 철장이 빠른 고현의 보법을 채 잡지 못하고 허공을 쳤다. 따라잡았다 싶은 순간에도 묵직한 검에 가로막혀 철장의 공격이 튕겨져 나갔다.

"타앗!"

고현은 일갈하며 창졸간에 천근추의 묘용으로 자리에 멈추어 서서 검을 크게 휘둘렀다. 검에 실린 무거운 기운이 철장을 갈대처럼 휘저으며 태상을 쪼개어 갔다.

퍽!

고현의 검이 빈 땅을 치고 땅은 마치 환형산(環形山)의 모양으로 운석이 떨어진 것처럼 움푹 패었다.

우르릉.

흙먼지 구름이 동심원을 그리며 밀려나갔다.

태상은 이미 철장을 회수하고 멀찌감치 물러선 채였다.

먼지가 살짝 가라앉기를 기다려 태상이 말했다.

"방금 문주는 정중동의 공세를 환(幻)으로 받고, 쾌(快)로 변한 유능제강(柔能制剛)의 묘를 그보다 강한 중검(重劍)으로 쳐냈네. 황보가의 추라보(追羅步)와 곤륜의 영이검(令夷劍)을 동시에 운용하며 공동의 천종세(天從勢), 그리고 무당의 유운검(流雲劍)으로 이어지는 내공 운용은 매우 훌륭했네. 전 같았으면 피를 한 사발쯤은 토했겠지."

"완전히는 아니오."

고현이 침을 퉤 하고 뱉었다. 약간의 피가 섞여 있었다. 단전이 슬쩍 끓어올랐다. 하나 스스로도 알고 있었다. 이미 이 정도만으로도 몇 달 전과는 벌써 확연히 달라져 있는 것이었다.

태상은 빙긋 웃었다.

"단언컨대 당금 무림에서 삼, 사 개의 서로 다른 문파 무공을 동시에 운용할 수 있는 사람은 몇 되지 않을 것이네."

"난 조금은 두렵소. 이러다가 내 사문의 무공을 잊게 되는 게 아닌지."

"산 정상에 올라보면 산을 어떻게 올랐는지는 전혀 중요한 일이 아니라는 걸 알게 되네. 산을 내려갈 때 어디로 내려갈까 고민하는 수준밖에 되어버리지 않네. 무공의 끄트머리에서, 초식의 종류나 이름은 아무런 의미가 없게 되어버린단 말일세."

"허나, 그렇게 된다면 내가 천룡검문을 재건하겠다는 목표는……."

"윤가 놈이 광왕의 공명검을 얻었다고 화산파가 아니게 되었던가? 남궁가의 제왕검형은 타인의 손에서 복원되었는데 남궁가의 무공이 아니라 하던가?"

태상의 눈이 먼 하늘을 향했다.

"강호는 강한 자만을 기억하네. 강한 자가 남긴 역사와 이름만을 기억하네. 강해지는 것만이 모든 가치에 우선하네. 모든 것은 강함에 종속되기 마련일세."

고현의 표정이 굳었다.

"나는 이왕이면 그때를 이룰 수 있는 것이 천룡검문의 무공이었으면 하오. 태상의 의도는 알겠으나 매일같이 타 문파의 무공을 수련할 때마다 나는 사문에 심한 죄책감을 느끼고 있소."

"나의 의도를 알겠다?"

태상이 큭큭대고 웃었다.

"그래, 슬슬 문주께서 궁금해할 때가 되었다고 생각했네. 어쩐지 최근 들어 성취가 주춤하다 싶었지. 그렇다면 보여주겠네. 내가 문주에게 알려주고자 하는 것이 무엇인지를. 매일 수십 가지의 무공과 내공 운용을 강요하는 이유를. 그것이 궁극적으로 가야할 길이 어디인지를!"

번쩍!

태상의 눈이 빛났다.

이후에 태상이 뭔가 이상하거나 특이한 행동을 한 것도 아니었다. 그저 양팔을 자연스럽게 내리고 한 발을 반보 내밀었을 뿐이다.

그러나 그것에서 고현은 이루 말할 수 없는 굉장한 광야(廣野)를 느꼈다. 끝없이 펼쳐진 망망대해의 느낌이 거기에 담겨 있었다. 망망대해의 바다 위에서 고현은 허우적거렸고, 태상은 미동도 없이 서 있었다.

"어?"

어떻게 보면 그저 어정쩡한 자세일 뿐인데, 도무지 범접할 수 있는 느낌이 들지 않았다. 눈알과 뇌수가 마구 빨려 들어가는 듯한 두려움마저 들었다.

스윽.

태상의 손이 들렸다. 철장이 따라 올라갔다. 그리고 그 순간 태상의 손에서 천룡검문의 독문 무공들이 쏟아지듯 펼쳐졌다.

천룡강림, 천공부퇴번신, 승룡개천, 포검망월, 붕검탄비요격!

고현은 주먹을 불끈 쥐었다. 땀이 흘러 눈으로 들어가는데도 도저히 눈을 감을 수가 없었다.

태상이 펼치는 천룡검은 고현이 펼치는 천룡검이 아니었다. 그보다 훨씬 깊이 있고 유려하며 아름답기까지 했다. 부끄러워서 한없이 자신이 쪼그라든다.

그 옛날 검성 윤언강이 화산파의 무공을 펼치던 태상에게서 느꼈던 느낌을 이번엔 고현이 고스란히 받고 있었다.

한데 그러한 초식들이 순서대로 연이어서 펼쳐진 게 아니었다. 마구 뒤섞여서 한두 가지가 동시에 펼쳐지기도 하고, 또 세 가지가 겹쳐지기도 했다. 순서가 완전히 바뀌어서 천룡강림을 쓰다가 갑자기 포검망월을 펼쳤다가 다시 천룡강림으로 가기도 했다.

그러기를 일각도 넘게 지속하다가 어느 순간에 정점에 이르더니, 태상은 한 줄기의 빛을 뿜어냈다.

그것이야말로 천룡검의 정수(精髓)였다!

하늘을 관통하는 은하의 흐름.

쏴아아아.

바람이 불어 고현의 머리카락을 휘날렸다.

"아……."

자신이 꿈에도 그리던 천룡검의 무공이 실제로 존재한다면 이런 광경이었을까? 어떻게 태상은 자신이 수십 년 홀로 쌓아온 것을 이다지도 쉽게 이루었단 말인가?

고현은 후들거리는 다리를 붙잡지 못하고 털썩 무릎을 꿇었다. 저도 모르게 고개를 떨어뜨렸다.

태상은 철장을 거두고 가만히 고현을 내려다보았다.

"무량무해일세."

고현이 번쩍 고개를 들어 태상을 보았다.

"무량……무해?"

"무의 끝. 원류, 혹은 종국."

"무의 끝…….'

"문주에게 묻겠네. 문주는 무엇이 배우고 싶은가? 천룡검인가 아니면 무량무해인가."

"나는…… 나는…….'

고현은 무량무해가 무엇을 뜻하는지 알았다. 천룡검은 천룡검일 뿐이지만, 무량무해는 검공의 극의를 향해 가는 길이었다. 검공은 물론이고 모든 무공의 끄트머리에 있는 길이었다. 아니, 그것은 또 모든 무공의 귀원(歸元)이며 기원(起源)으로 가는 길이기도 했다.

고현은 무량무해로 가는 길에서 천룡검의 대성 또한 절로 얻어질 거라는 걸 알 수 있었다.

무량무해라면 공명검을 이길 수 있다던 태상의 발언이 거짓처럼 느껴지지 않았다. 공명검이 무공의 한 갈래라면 무공의 근원인 무량무해를 결코 이길 수 없는 것이다.

고현은 더 이상 고민하지 않았다. 조금 전까지 궁금하던 '자신보다 더 재능이 뛰어난 두 사람'의 존재에 대해서도 잊었다.

그만큼 그에게 주어진 기회란 너무나 큰 것이었다.

고현은 큰 소리로 외쳤다.

"나는 태상의 무량무해를 배우겠소!"

고현의 의지를 읽은 태상이 소리 없이 웃었다.

"매일 문주가 배우고 있는 게 바로 그것이라네. 자, 일어나 준비하시게. 오늘은 강서로 내려가 경덕진의 고수 쌍월(雙月)을 만나기로 한 날일세."

제7장

강호의 격변

강호는 수십 년간이나 정체되어 있었다.

겉으로 드러난 이유로는 사파 토벌전에서 맺은 관과 백도 무림의 밀약(密約) 때문이라 했다. 이 밀약으로 말미암아 중소 문파는 거대 문파에 병장기 소지 허가증을 발급받아야 하는 이른바 종속 상태에 빠지고 말았다.

때문에 중소 문파는 어떠한 행사에서도 거대 문파의 눈치를 보지 않을 수 없었고, 혹여나 눈 밖에 나면 거대 문파들의 끈끈한 연대에 따돌림을 당하면서 그 피해를 고스란히 떠안게 되었다. 창검술을 배워도 병기를 소지할 수는 없다면 누가 그 중소 문파에 입문하기를 원하겠는가.

그래서 중소 문파와 거대 문파의 계급적 차이가 극복할

수 없을 지경으로 벌어졌다는 것이 일반적인 평이다.

하나 속사정을 깊게 파보자면 좀 다른 해석이 나온다. 정체의 이유가 역설적이게도 백도 무림의 중흥기가 찾아온 탓이라 보는 것이다.

기실 천하오절을 위시한 마교 원정전과 우내십존의 사파 토벌전이 연이어 대승을 거두면서 대립각을 세우던 악(惡)의 축이 완전히 사라지고 만 터였다. 거의 초토화되었다고 보아도 무방할 정도로.

십대 문파와 팔대 세가는 이미 우내십존이라는 걸출한 무인과 그에 준하는 고수들을 배출한 상태였고, 그것을 사파 토벌전에서 증명해냈다. 하여 여태까지 대립하던 악이 사라진 이후에도 세력을 단단히 유지할 수 있었다.

그러나 중소 문파의 무인들은 좀 달랐다. 실제 인원수는 거대 문파의 열 배에 가까우면서도 거대 문파 이득의 삼분지 일도 안 되는 영역을 두고 서로 나눠야 했다.

수직적 구조가 완전히 굳어 버린 상황에서 중소 문파의 무인들이 가질 수 있는 유일한 기회는 무명(武名)을 떨치는 길뿐이었다.

그런데 무명을 떨칠 수 있는 상대가 없었다.

서역의 마도 무리들은 멀찌감치 밀려났고 북해는 존재감도 없었다. 사파는 멸망했다.

예전처럼 수백 명을 살해한 악인을 처단했다거나 사파의

거두를 척살했다거나 하는 일은 꿈과 같은 일이었다. 어쩌다가 그런 자가 나타나도 거대 문파에 공을 빼앗기기 일쑤였다.

결국 이들이 할 수 있는 일이라고는 비무행 뿐이었는데, 그것조차도 쉬운 일은 아니었다.

거대 문파의 제자들은 물론이고 중소 문파라 하더라도 어중이떠중이하고 매번 상대할 수야 없는 노릇이다. 그러니 비무를 해도 조금이라도 이름이 난 이와 할 수밖에 없었는데, 안타깝게도 강호에는 별호조차 얻지 못한 무인들이 태반이었다. 비무를 신청해도 상대가 받아주기 어려웠다는 뜻이다.

이것이 결국 악순환으로 이어져 강호의 정체가 이어졌으니.

평화로운 세상이란 누구나 바라 마지않는 일이지만 강호에서만큼은 최악의 암흑기였던 것이다…….

그런데 최근 강호가 급변하였다.

수십 년간 강호 무림 위에 군림했던 우내십존이 은퇴를 선언함과 동시에 검성이 피의 비무행을 시작했고, 거대 문파의 독점권은 중소 문파에 나눠지게 되었다. 심지어 환야 허량 같은 거대 문파의 상징적인 고수가 관에 압송되기까지 하면서 이제껏 관의 비호를 받던 거대 문파의 입지는 크게 좁아졌다.

중소 문파의 비상을 가로막고 있던 수직적 구조에 균열이 생겨난 것이다. 새로운 판이 짜이고 새로운 틀이 생겨나는 시대가 되었다.

웅크리고 있던 무인들이 들고일어났다. 많은 날에는 수천 번의 비무가 벌어지고, 하루에도 수십 수백 개의 문파들이 생기고 사라지고 통합되었다.

그렇게 복잡한 와중에 유독 몇몇 문파와 잠룡(潛龍)의 활약이 눈에 띄었다.

하남을 중심으로 북동의 산동 지역에서는 상주 육검문, 섬서와 산서의 북쪽에서는 종남파 속가가 세운 전통의 강호 태을문(太乙門)과 신흥 강호 은앙종(隱仰宗)등이 두각을 나타냈고, 현재까지는 신비 문파로 알려진 소수의 천룡검문이 남동쪽의 강서, 복건, 호남 등지에서 연전연승을 이어가고 있었다.

그 외의 지역에서도 수많은 문파들이 난립하며 주도권을 쥐기 위한 난투가 벌어지고 있었다. 매일같이 영웅이 탄생하고 또 기존의 고수들이 물러나는 일들이 비일비재하게 발생했다.

하지만 무엇보다도 가장 사람들을 놀라게 한 것은 다름 아닌 사천이었는데, 무려 당가를 필두로 사천 무인 연합의 결성 소식이 들려온 것이었다.

사천 무인 연합은 기존의 십대 문파와 팔대 세가가 가진 기득권의 완전한 배척을 선언함과 동시에 사천 무림의 독립을 천명(闡明)하기까지 했다.

신흥 세력의 부상(浮上)과 기존 세력의 이탈까지.

이로써 강호는 걷잡을 수 없는 혼돈으로 빠져들었다.

　　　　　＊　　　　＊　　　　＊

사천성 능운산(凌云山)의 서남봉에는 불상이 있다.

낙산대불(樂山大佛)이다. 보통의 미륵좌상이 아니라 산 하나가 통째로 불상이다. 사암석(沙巖石)으로 이루어진 절벽을 깎아 만들었는데 높이가 이백오십 척, 너비만도 백 척에 달한다. 발등 위에만 백 명이 올라설 수 있을 만큼 거대하다.

세 줄기의 강이 그 앞에서 만나고 강 건너로는 멀리 아미산의 영봉(靈峰)마저 굽어보는 거대한 낙산대불의 앞에서 인간 한 명의 모습이 얼마나 초라한가.

불상의 발톱에 올라 있어도 고작 파리에 불과할 정도의 존재감밖에는 느껴지지 않는 것이다.

특히나 오늘같이 어두운 밤이면 더더욱 그러하리라.

당사등은 불상의 발 앞, 바로 강과 맞닿은 작은 공터에 서서 낙산대불을 올려다보았다.

낙산대불의 전신에 뒤덮인 이끼가 달빛에 초연하니 녹빛

을 흘리고 있었다. 불상의 좌우 바위에 사람 키의 대여섯 배 높이로 새겨진 두 금강역사상이 노려보는 듯했으나 당사등은 개의치 않고 서 있었다.

"콜록콜록."

당사등은 마른기침을 했다. 그러더니 '하' 하고 숨을 내쉬었다.

"왜? 처연한가?"

아무도 없는 적적한 낙산대불의 앞에서 혼잣말처럼 던진 한마디였다.

그런데 멀찍이서 대답이 들려온다.

"아니, 상태를 보아하니 그래도 한 일 년은 더 살겠군 싶은데 왜 투정을 부리는가?"

발자국 소리도 없이 인영 하나가 강가를 따라 옆쪽 절벽에서부터 걸어오고 있었다.

검성 윤언강이다. 윤언강은 가슴에 검 한 자루를 품고 느긋하게 걸어 나온다.

당사등이 비쩍 마른 얼굴로 조소했다.

"하남에서 가까운 안휘로 가지 않고, 왜 이 먼 사천부터 행차하였는지 모르겠구만?"

"남궁 그 친구가 바쁘다고 거절하더군. 뜨거운 맛을 보고 싶으면 조금 기다려 달라고 해서 말일세."

"흥. 어차피 다 까발려진 무공을 붙잡고 끙끙대 봤자지.

한데 소림에서 여기까지 고작 사천 리 길인데 너무 오래 걸렸다고 생각하지 않나? 마해와 오황을 동시에 쓰러뜨린 천하제일인이 유람이나 하면서 한가하게 왔을 리도 없고."

"나라고 별수 있겠나. 한 대 맞았더니 내외상을 좀 입었네."

당사등의 눈이 가늘어졌다.

"의외로군. 자네가 일 장을 허용했다고?"

"어쩔 수 없었어. 아이가 워낙에 뛰어나서 최선을 다해야 했거든. 이게 공명검이냐, 한번 할 수 있으면 해봐라, 하면서 도전하는데 선배 된 도리로 어떻게 한 수 가르치지 않을 수 있겠는가. 달마장이 위험한 건 익히 알고 있었으나 집중하지 않으면 체면이 말이 아니게 생겼는데, 방법이 없었지."

당사등이 킬킬 웃었다. 자세한 내용은 모르나 무슨 말인지 대충 감은 잡았다.

"그래도 근 보름이나 걸린 건 너무했지. 듣자 하니 화산파에서 나올 때 자소단이니 뭐니 온갖 영약들을 싸그리 짊어지고 나왔다던데 말야."

"그건 따로 쓸 데가 있어서……."

"뭐, 하여간 대단한 꼬마로군. 여전히 난 그 꼬마를 우리 세가 사람으로 만들지 못한 것이 아쉽네."

"내 장담하건대 장가 아이는 누구의 것도 되지 못할 것일세."

"그럼 한 수 가르칠 생각 말고 그냥 없앴어야지? 가지지 못하면 부숴 버려야 직성이 풀리는 게 자네 성질 아니었나?"

"그러고야 싶었지."

윤언강도 웃었다.

"하지만 그건 내 역할이 아니었기 때문에 참았네."

"화산오검? 걔들은 너무 늙었잖아."

모른 척 말하고 있지만 당사등의 눈이 미묘하게 웃고 있다. 아무리 밤중이라도 윤언강이 보지 못했을 리 없다.

"내 볼 땐 자네가 늙어서 기억력이 감퇴한 것 같네. 내게는 장가 아이와 견줄 만한 좋은 제자가 있다네. 내가 준 검은 내 제자가 받아와야 수지가 맞지."

"관부에 잡혀 있다던데?"

다른 강호인들이 들으면 놀랄 만한 말을 아무렇지 않게 던지는 당사등이었다. 그야말로 어지간한 이는 알지도 못하는 고급 정보인 것이다.

하지만 윤언강은 전혀 동요하지 않았다.

"난 내 제자를 그 정도로 약하게 키우지 않았네. 애초에 시련을 겪겠다고 떠난 아이였어. 그나마도 이겨내지 못한다면 도태된다 해도 자연스러운 일이겠지."

"허어! 알고 있었군?"

"알고 있었지."

"그럼 지금의 일들이 우연이 아닌 게로군. 마치 관부의 앞잡이 노릇을 하는 것처럼 보였는데 자청해서 하는 거였나?"

문사명의 자취를 찾아낼 정도로 당가는 어마어마한 정보력을 가지고 있었지만, 그런 정보력으로도 윤언강의 행보에 대한 이유를 명확히 설명할 수 없었던 것이다.

당사등이 모르겠다는 표정으로 묻자, 윤언강이 어깨를 으쓱하며 아이 같은 몸짓을 해 보였다.

"좋은 핑계잖은가."

"푸핫!"

당사등은 미친 듯이 웃어젖혔다.

"으하하하! 크크크크!"

한참을 웃을 동안에도 윤언강은 말리지 않았다.

"아아, 정말 아직까지도 꿈을 좇으며 살다니…… 쿨럭쿨럭! 여전히 변한 게 없어, 자네는."

"아니, 변했네."

"음?"

윤언강이 진지하게 말했다.

"내 꿈 때문이 아닐세. 후배들을 위해, 강호를 위해 무엇을 남겨야 하나 고민하고 벌이는 일일세. 나이가 드니 별수 없네. 나도 모르게 후진을 생각하게 되네그려."

당사등은 잠시 침묵했다.

"우리 같은 늙은이들은…… 그냥 죽어 없어지는 게 뒤쫓아 오는 후배들을 위해 할 수 있는 가장 좋은 일이 아니었던가?"

"쉽게 방생한 물고기는 오래 살지 못한다네. 적절한 시련과 훈련, 잘 조성된 환경만이 생존을 보장하지."

"그래서 무엇을 하자고? 보다시피, 나는 점점 퇴물이 되어가고 있네."

"하지만 무공은 더욱 깊어진 것 같군."

"크크크. 마지막 발악이랄까?"

윤언강이 고개를 끄덕였다.

"나를 따라오게. 자네가 필요하네."

"후진을 위해서?"

"그렇다네."

당사등의 안면 근육이 꿈틀거렸다. 당사등은 형용하기 어려운 일그러진 미소를 지었다.

"오면서…… 듣지 못했나?"

"들었네. 사천 무인 연합."

당사등은 자조 섞인 말투에 울분을 섞어 내뱉었다.

"우리 아이들이 그리 결정하였다더군."

"원래 애들은 머리가 크면 부모 말을 듣지 않는 법이지."

"허무해."

당사등은 달빛에 부서지는 강물을 망연히 바라보았다. 강물은 빠르면서도 유유히 흘러가고 있었다.

"나는 복수를 위해, 가문을 위해 평생을 헌신하였지. 그러나 한 번의 실수로 모든 것을 날려버렸어. 남은 것은 그저 내게 주어진 작은 방 한 칸과 시동 한 명뿐일세. 가문 내에서 나는 더 이상 웃어른이 아닐세. 나의 헌신은 존경의 대상이 아니라 시대에 뒤처진 구닥다리일 뿐. 강호에서는 손가락질을, 가문에서는 쓸모없는 노인 취급을……. 나는 도대체 무엇을 위해 이제껏 살아온 겐가?"

윤언강에게 묻고 있지만 자문자답에 가까웠다.

"강물은 여전히 흐르고 있으나 더는 사공 노릇을 할 수 없게 된 게로군."

"그래. 이미 버림받은 내가 어째서 다시 가문을 위해, 후배들을 위해 나서야 하지? 무엇을 위해 자네를 따라야 하지?"

조용하지만 격랑을 담은 물음이었다.

윤언강은 바로 대답했다.

"부모는 설사 아이가 부모를 칼로 찌른대도 자식을 품을 수밖에 없는 존재일세. 그것이 부모 된 자의 숙명이 아니겠는가?"

당사등은 가만히 듣고 있다가 고개를 끄덕였다.

"그래. 자네 말이 맞아."

당사등은 갑자기 빙긋 미소까지 지었다.

"내 비록 자식은 없으나 혈육을 어찌 외면하겠는가. 그래서 자네 말처럼 가문과 후진을 위해 남은 생을 모두 바치기로 했네."

윤언강의 미간이 크게 좁아졌다.

"자네의 어조가 내가 원한 방향은 아닌 듯하군."

"자네 말대로라니까. 내 가문을 위해, 그리고 후진을 위해 내가 할 수 있는 일이 무어겠는가?"

"흠."

당사등의 기세가 슬쩍 변했다.

"그건 바로 사천 무인 연합을 후원하는 일이지. 사천 무인 연합은 강호의 정세 따위는 고려하지 않는 단체일세. 누구도 사천 무림을 건드릴 수 없고, 누구도 사천 무림 위에 군림할 수 없다는 걸 보여주어야 하는 단체란 말일세."

윤언강은 인상을 썼다.

"내 제안은 아직 유효하네."

"거절하네! 화산파의 검성, 현 무림의 천하제일인. 그런 자네를 꺾는다면 앞으로는 강호의 어느 누구도 사천 무림을 얕볼 수 없게 되지 않겠는가! 내게 사천 무림의 독립을 십 년 앞당길 수 있는 이런 호기를 놓치는 바보가 되란 겐가? 자네답지 않군!"

스르륵.

윤언강은 팔짱을 낀 채인데 검만 검집에서 뽑혀 나온다. 윤언강의 표정이 날카로워졌다.

"거절해도 좋으나, 대가는 치러야 할 것일세."

"크크크!"

당사등이 양팔을 활짝 벌렸다.

"자네에게 말해줄 게 있네. 사실 이곳 낙산대불에서 최고의 야경으로 손꼽는 것은 석각미륵좌상을 찬연하게 비추는 반딧불이라네. 성충은 유월이나 되어야 볼 수 있지만 애벌레도 빛을 내기 때문에 이곳에서는 이른 봄에도 볼 수 있지. 매우 장관이라네. 꼭 한번 같이 보고 싶을 만큼."

윤언강은 검을 꺼내 든 채 주변을 둘러보았다. 이미 아까부터 빛은 하나도 보이지 않고 있었다.

"없군."

"없지."

심지어 벌레의 울음소리 하나도 들려오지 않는다. 바로 지척에서 흐르는 폭 넓은 강의 물살 소리가 세차게 울릴 뿐이다.

당사등이 웃었다.

"무형, 무색, 무취. 준비는 자네가 오기 한참 전부터 끝나 있었다네."

"불경을 저질렀구먼. 불상을 앞에 두고 살생을 저지르다니."

"나야 그러고 싶었지."

윤언강의 말투를 흉내 낸 당사등이었다.

"하나 대자대비한 가르침을 따르는 이가 있어 미물들이라도 해치지 말아야 한다고 해서, 특별한 것으로 준비했네."

"대자대비한 가르침을 따르는 이?"

당사등이 길게 휘파람을 불었다.

휘—익!

동시에 낙산대불을 병풍처럼 두르고 있는 절벽에서 그림자 둘이 훌쩍 뛰어 내려온다. 이 어둠에 그 높은 절벽 위에서부터 뛰어내리는데도 몸놀림이 가볍기 이를 데 없다.

겨우 숨 몇 번 고를 시간에 절벽을 내려온 두 그림자가 다가왔다.

"이렇게 또 보는구먼."

비어 있는 한쪽 소매를 나풀거리며 풍진이 다가왔다. 그 옆쪽으로는 구부정하고 자그마한 체구의 여승, 연화사태가 함께 있었다.

"쯧쯧. 결국 일이 이리되는구랴."

윤언강은 대답하지 않았다. 한동안 말이 없었다. 물끄러미 둘을 바라보았을 뿐이었다.

풍진은 얼굴을 긁적였다. 허리춤에 매단 검이 달랑거렸다.

"너무 그리 마음 상한 눈으로 보지 말아. 어쩔 수 없지 않아? 사천 무림은 떨어져 있어도 결국 하나일 수밖에 없는 공동체야."

연화사태도 질책하듯 한마디를 했다.

"이번만큼은 당신 욕심이 과했구려. 어찌 이런 일을 저지르고 다닌단 말이야."

윤언강이 의외라는 눈빛으로 연화사태를 보았다.

"다른 사람은 몰라도 아미파까지라. 속세에 관여하고 싶은 겐가?"

연화사태는 한숨을 쉬며 고개를 가로저었다.

"내가 아는 놈팡이가 한 명 있는데, 아무래도 당신의 행보가 그 놈팡이에게 방해가 될 것 같아서야."

"놈팡이?"

"그런 놈팡이가 있어. 내게 '난 이 지겹고 끔찍한 곳을 벗어나 내가 죽을 자리를 찾아갈 거야.'라고 했거든. 마음에 안 드는 놈팡이지만 제 죽을 자리는 마련해 줘야 할 거 같아서."

윤언강은 무슨 생각을 했는지 피식 웃었다.

"그래?"

우내십존 중의 넷이 모였다. 그중에서 셋이 윤언강을 압박해왔다. 품(品) 자 형으로 윤언강을 포위한 형국이다.

낙산대불 앞 공터는 좁다. 어지간한 문파의 연무장 반만

강호의 격변 265

도 못하다. 불상의 발과 발 사이의 공터는 고작해야 육칠 장 정도의 너비에 불과하고 바로 뒤엔 시퍼런 민강(岷江)이 콸콸대며 흘러가고 있다.

제아무리 윤언강이라도 이리 좁은 공터에서 세 명의 합격을 받으면 도저히 벗어날 방법이 없다.

그야말로 사면초가의 위기다.

잠시 침묵하던 윤언강이 말했다.

"재미있군. 하지만 굳이 이곳을 고른 이유는 잘 이해가 되지 않는데."

당사등이 검버섯이 잔뜩 핀 얼굴을 슬쩍 찡그리며 대답했다.

"여유 부릴 때라고 생각하는가?"

"삼면이 모두 막혀 있어 어디에 있어도 자네의 독공을 벗어날 수 없겠군, 하는 생각은 드네."

"이처럼 협소한 공간에서라면 자네가 자랑하는 공명검은 그다지 유용하지 못할 거라는 의문은 들지 않는가?"

거리가 좁다. 청성의 풍진은 쾌검의 고수다. 이들의 간격은 실제로 네다섯 장의 거리밖에는 되지 않는다. 윤언강이 공명검을 사용하려고 움직이는 순간 풍진의 검은 벌써 뽑혀 나와 있을 것이다. 둘 중에 누가 빠를지 장담할 수 없는 거리다.

비록 홍오에게 패하긴 했으나 풍진 또한 윤언강처럼 여

전히 강호의 최고수임은 변하지 않는다.

하지만 윤언강은 미간을 찌푸려 팔(八)자를 만들면서 어이가 없다는 말투로 되물었다.

"이거 참, 내게 직접 당해 보지도 않았으면서, 무엇을 근거로 이런 계획을 수립하였는가?"

"흥. 정말로 여유작작이군."

당사등은 왼손 손바닥을 위로 하여 천천히 들어 올렸다. 스산한 기운이 감돈다. 당사등이 약간의 공력을 끌어올리자 검지 끝에 투명한 노란 액체가 방울처럼 맺혔다.

"아까 말했네. 특별한 것으로 준비했다고. 자네가 오기 전에 이미 여기 전체에 무형지독(無形之毒)을 도포해두었네. 현 상태로는 아무런 해도 끼치지 않지만, 이 독정을 기화(氣化)시키는 순간 반응이 시작되지."

"무섭군."

"딱히 심각한 건 아닐세. 어차피 자네야 만독불침일 테고, 독으로 죽이지 못할 바에야 당장은 그저 내공만 조금 흐트러뜨릴 뿐일세. 독기는 천천히 쌓이겠지."

윤언강은 슬쩍 고개를 돌려 풍진과 연화사태를 보았다. 둘도 공세를 준비하고 있는 중인지 슬슬 공력을 끌어올리고 있었다.

치밀한 함정이었다.

한정된 공간을 택해 공명검을 초장에 봉쇄하고, 독을 이

중으로 살포하여 내공을 사용하지 못하게 만든다. 그리고 검객 둘과 검술로 승부를 가려야 하는 것이다. 심지어 싸움이 길어지거나 기력이 쇠하게 되면 당사등이 언제고 다시 독을 살포할 것이다.

윤언강은 연신 머리를 까딱거렸다.

그러더니 풍진과 연화사태에게 말했다.

"조금 불공평하다는 생각이 드네만."

연화사태가 혹시 모를 움직임에 경계하며 고개를 저었다.

"늦었어. 새로운 시대에 새 술을 새 포대에 담으려 하는 게 당신 생각이라면 우리 역시 마찬가지야. 서로 가야 할 길이 다른 이상, 새 시대에 희생이 필요하다면 그게 누가 되느냐의 문제가 될 수밖에 없어."

"오해일세."

윤언강은 딱 잘라 말했다.

"내가 불공평하다 한 것은 자네들을 앞에 둔 지금의 이 대치 상황이 아닐세. 이를테면, 자네들은 나를 죽이면 사천무림을 드높일 수 있는데 나는 자네들을 죽여도 이득이 없어. 그에 대한 불공평함을 말하고 있는 것일세."

뜻밖의 얘기였다. 그리고 어딘가 모르게 초점이 잘못 맞추어진 괴상한 말이기도 했다.

풍진은 '허허' 하고 헛웃음을 터뜨렸다.

"자네의 목적은 어차피 우릴 다 제거해 버리는 데 있는 게 아닌가? 왜 이득이 없어?"

윤언강의 입술 끝 수염이 살짝 비틀려서 웃는 듯했는데, 그건 마치 '내가 왜?'라고 묻는 느낌과 비슷했다.

윤언강을 제외한 세 우내십존 모두가 탐탁잖다는 표정을 지었다.

"괴이하군."

"그러게. 내가 아는 언강이는 미치지 않고서야 궁지에 몰렸다고 사리에 맞지 않는 말이나 늘어놓을 사람은 아닐 텐데."

그러나 윤언강은 매우 멀쩡해 보였다. 외려 미묘하게 주도권이 윤언강에게 넘어간 느낌이었다.

윤언강이 말했다.

"강호의 법칙대로 하세."

당사등이 묘한 표정으로 되물었다.

"이긴 자가 모든 것을 가져간다?"

"그렇지."

연화사태가 혀를 내둘렀다.

"대체 무슨 생각인지, 원……."

풍진이 비릿한 미소를 지었다.

"뭐, 상관없지 않은가? 죽기 전에 있는 힘껏 한칼 해볼 수 있다는 것도 매우 좋은 일이야. 내가 죽으면 목이라도

강호의 격변 269

잘라가든가, 가져갈 수 있는 건 다 가져가라고. 물론 언강이 자네가 이겼을 때의 이야기지만."

윤언강은 누구보다도 진지하게 말했다.

"미물들조차 무형의 독기를 느껴 다 도망갔다지만 나는 스스로 걸어 들어왔네. 허면 나는 벌레보다 못한 것인가?"

당사등이 대답했다.

"이제야 자네 처지를 조금 이해했는가 보구만."

"아니지."

윤언강은 한 손에 송풍검을 잡아가며 세 사람을 차례로 둘러보았다. 그리고 마치 보란 듯 팔을 벌리는 몸짓을 했다.

"자네들, 잊고 있는 것 같네. 내가 누군가? 내가 자신이 없으면 사지(死地)로 들어갈 사람이던가? 이보게들, 나 윤언강일세?"

어이가 없을 정도의 자만심과 오만함이 느껴졌다. 지켜보던 당사등과 연화사태는 소름이 다 끼쳤다.

풍진만이 인상을 쓴 채 중얼거렸다.

"다들 노인네들이 되어 그런가……. 왜 이리 말이 많아?"

당사등이 수긍했다.

"쓸데없는 얘기는 그만 끝내지."

당사등은 공력을 집중하며 왼손을 앞으로 내밀었다. 손

가락에 물방울들이 점점이 맺힌다. 이 물방울들은 천지원양공의 후끈한 기운에 달아오르며 곧 순식간에 기화될 것이다.

"오늘, 화산이 배출한 천하제일인은 사천 무림의 손에 패배하게 되는 걸세."

당사등의 미간에 주름살이 깊이 패이며 힘이 들어갔다. 천지원양공을 끌어올리고 있는 순간이었다.

그 순간, 윤언강이 당사등을 휙 하고 쳐다보며 나직하게 읊조렸다.

"그 이상 계속하면 장담 못 하네."

위잉—!

남들이 듣기엔 작은 목소리였는데 당사등의 귓가에서만 유독 소리가 크게 울렸다.

꽈르르릉!

바로 옆에서 천둥벼락이 친 것처럼 고막이 울리고, 머리 전체가 뒤흔들렸다.

'이런!'

목소리에 암경을 실어 보내는 고도의 수법이었다. 당사등도 윤언강이 이런 수법을 사용할 거란 예상은 전혀 못 했기에 다소 당황했다.

윤언강의 기를 조절하는 능력은 최고다. 정확하게 당사등의 귀에만 암경이 집중되어 있어서 기의 울렁임조차 거의 느껴지지 않았다. 풍진도 무언가 이상하다는 생각이 들긴 한 것 같으나 잠깐 주춤했다. 아무래도 삼 대 일의 수적 유불리가 있는 만큼 윤언강이 특별한 움직임을 보이지 않은 상태에서 선공이 부담스러웠던 탓이다.

그러나 이미 선공은 윤언강이 시작한 셈이었고, 당사등의 천지원양공은 윤언강의 암경에 영향을 받아 한순간 운기가 멈추었다.

시간으로 따지자면 찰나에 불과했다.

끓는 물이 부글! 하고 물거품을 터뜨리는 정도의 짧은 순간이었다.

그 시간에 이미 윤언강은 공력을 폭발시키듯 끌어올려 송풍검을 휘두르고 있었다. 윤언강이 움직이는 동시에 풍진도 급히 검을 날렸고 연화사태도 약간 뒤늦게 연검을 뽑아 날렸다.

윤언강은 겨우 두 걸음 정도를 빠르게 도약해서 거리를 좁혔을 뿐이다. 당사등과 윤언강은 검이 닿지 않는 다섯 걸음 정도의 거리다. 하나 거리는 별문제가 되지 않는다.

당사등은 송풍검의 궤적을 본 순간 벌써 늦었다는 걸 알았다.

우내십존이 그저 허명뿐인 것은 아니다. 비록 평화의 시대라고는 하나 강호에서 수십 년을 살아남았다는 것은 그만큼의 운과 또 그 이상의 실력, 그리고 그보다 더 강한 결단력을 가지고 있다는 바.

 당사등은 과감하게 천지원양공을 포기했다. 천지원양공을 다시 돌리는 데에는 오래 걸리지 않으나 독정을 기화시키는 데에는 물리적인 시간이 필요하다. 그러나 윤언강은 그 시간조차 주지 않을 것이다.

 당사등은 온 힘을 오른손에 집중했다. 어깨 근골을 축소해 팔을 장포의 소매 안으로 넣었다가 다시 빼는 순간 그의 손에는 핵자정(核子釘) 단 한 알이 들려 있었다.

 핵자정은 손가락 두 마디 정도의 크기이고 한쪽 끝이 뾰족하며 다른 면은 둥글게 생긴, 마치 물방울을 거꾸로 세운 듯한 생김새의 암기다. 보통 수십 개를 동시에 던지기도 한다. 하나 이 한 알의 울퉁불퉁한 핵자정은 좀 다르다. 당가에서 몇몇만이 쓸 수 있는 귀한 핵자정이다.

 이내 왼팔의 감각이 멀어지고 송풍검이 완전한 반월을 그렸다. 당사등은 조금도 아깝다거나 고통스럽다는 생각을 하지 못했다.

 어차피 죽으면 썩어 없어질 몸인데 살아서 거름이 되면 어떠하리!

 다만 느릿하게 흘러가는 의식 속에서도 윤언강의 검공을 감탄할 뿐이다.

 극도로 절제된 공격. 반탄지력을 무시하고 팔 하나 자를 정도의 힘만 사용하다니.

감탄하는 와중에도 단전에서부터 피어올라 간 공력이 어깨를 강타하고 튕겨지듯 손가락까지 이어졌다.

 당사등은 손가락 사이에 끼우고 있던 핵자정을 가볍게 놓아 주었다. 나비의 날개를 집고 있다가 놓아주듯.

 섬절.

 당사등이 자랑하는 최고의 한 수.

 허공에서 잠깐 멈추어 있던 핵자정이 응축했던 힘을 폭발시키며 쏘아져 나가려 했다. 이 거리에서는 절대로 피할 수도, 막을 수도 없다.

 하지만 쏘아지지 못했다. 막 쏘아지려던 핵자정이 동력을 잃고 제자리에서 휘휘 돌았다.

 당사등은 계속된 찰나의, 하지만 지독하게도 느릿하게 흘러가는 시야 속에서 희한한 광경을 보았다.

 겉보기에 보통의 뾰족한 돌멩이와 같은 적흑(赤黑)색의 투박한 핵자정에는 한 가지 비밀이 있다. 손바닥 위에서 돌고 있는 이 핵자정은 호신강기를 뚫고 들어가는 운철(隕鐵)로 만들어진 것이다.

 본래 운철 핵자정은 표면이 거칠어서 매끄럽지 못한 조각인데, 당가의 독문 공력을 담고 호신강기와 맞부딪치면 부식이 일어나며 표면이 타버린다. 표면이 타면서 호신강기를 뚫고 들어가 몸에 박힌다.

 그 과정에서 표면에 격자형으로 마구 긁은 듯한 무늬가

생기고, 최후에는 울퉁불퉁함이 완전히 사라진 채 옥석(玉石)처럼 매끄러운 물방울 모양이 되어 몸에 남게 된다.

그래서 강호에서는 이를 혈적옥(血滴玉)이라 부르기도 한다. 한때는 이 격자무늬의 물방울 옥석이 죽음의 상징으로 불리던 때도 있었다. 호신강기가 강한 고수일수록 격자무늬가 뚜렷해지는 특징이 있었다.

그런데.

지금 당사등의 손바닥 위에서 돌고 있는 핵자정이……
바로 그런 변화를 보이고 있는 중이다.

핵자정이 손바닥 위에 뜬 채 뱅글뱅글 돌면서 자잘한 불꽃을 일으키고 표면이 타오른다. 부스러기들이 껍질처럼 벗겨지고 떨어져 나간다. 점차 매끄러운 표면이 드러나고 표면엔 격자무늬가 생겨난다.

'왜 그런가.'

스스로 왜 이런 현상이 일어났는지 물어본다.

호신강기는 공력의 순수한 발현이고, 어쨌거나 운철 핵자정은 어마어마한 공력에 의해 부식되는 것이니까 그만한 공력이 지금 핵자정에 작용했다는 의미가 된다.

그리고 이내 당사등의 손가락, 손바닥, 손목, 팔꿈치…… 오른팔 전체에 온통 거미줄처럼 가닥가닥 핏빛 금이 간다.

혈선(血線)인데 그 모양이 묘하게 나뭇가지를 닮았다.

매화검법이다.
그때의 느낌은.
'허무하군.'
이란 것이었다.
그 외에 별다른 생각은 들지 않았다.
당사등의 눈에 자신의 잘린 왼팔이 공중을 부유하는 모습과 풍진의 손에서 벼락처럼 검이 뻗어 나가는 모습과 채찍처럼 수없이 갈라진 검영이 연화사태의 손에서 뻗어지는 광경들이 마구 뒤엉켰다.
하지만 그것도 잠시, 곧 오른쪽 몸통 전체에서 뿜어져 나온 피가 당사등의 시야를 완전히 가로막았다.
퍼퍼퍼펑!
공기의 폭음이 울렸다.
네 명의 고수가 찰나에 폭발시킨 공력이 공기 중에 파문을 일으켜 서로 부딪친 소리가 뒤늦게 울린 것이다.
우르르르.
낙산대불과 주변 절벽들이 진동하며 이끼와 사암석의 가루가 쏟아져 내렸다.
당사등이 피를 뿜으며 실 끊어진 연처럼 고꾸라져 바닥에 처박힌 것도 그때였다.
"이노옴! 언가아앙!"
풍진이 일갈했다.

풍진의 검은 확실히 빨랐다. 윤언강이 당사등에게 달려들었기 때문에 풍진은 벌어진 거리를 그만큼 뒤따라 잡아야 하는 틈이 있었다. 그 짧은 틈에 윤언강은 당사등의 양팔을 날려버렸고, 이어 풍진의 검도 윤언강을 베었다. 윤언강에 조금도 뒤지지 않는 속도의 검이었다.

그러나 윤언강의 한쪽 귀를 날려버린 것이 다였다.

윤언강만큼 정확하지 못했던 것이 아니다.

중간에 풍진의 검이 방해를 받았기 때문이다.

믿을 수 없었지만 풍진은 도중에 한 차례 보이지 않는 검을 쳐냈고, 허리에 일검을 허용하기까지 했다. 윤언강을 쫓아 몸을 날린 와중에 갑자기 생긴 일이었다.

야수와도 같은 본능과 기감이 아니었다면 그냥 윤언강을 쫓아가다가 허리가 동강이 날 뻔했다.

무려 보이지 않는 검과 일합(一合)을 주고받은 후에도 몸을 반도 돌리지 못한 윤언강의 귀까지 날려버린 것은 대단한 일이었으나, 자신도 허리를 깊이 베여 손해를 본 것이다.

"도대체 이게······."

한 손밖에 없는 풍진인지라 옆구리를 감싸지도 못하고 피가 꿀럭거리며 새어 나왔다. 흘러나온 피가 밝은 청색의 도포를 물들이고 있었다.

연화사태도 상황이 좋지 않음은 마찬가지였다.

달려가던 도중에 동물적인 감각이 그녀에게 위기를 일깨웠다. 허공에서 위험이 닥치고 있다는 걸 깨달은 순간 연검으로 검막(劍幕)을 쳤다. 마치 제자리에서 칼질하고 있는 상대에게 달려든 듯한 느낌이었다.

겨우 막아내긴 했으나 윤언강을 공격하기에는 늦었다. 윤언강은 당사등을 쓰러뜨리고 완전히 돌아서 있었다.

연화사태는 어쩔 수 없이 멈춰 섰다.

잘린 귀에서 피를 흘리면서도 윤언강은 흐트러진 자세를 바로 하며 송풍검을 고쳐 잡았다.

잠깐의 침묵이 흘렀다.

셋 모두 숨을 고르고 있었다.

풍진과 연화사태는 실수를 인정했다.

실력이 백중지세인 고수들은 몇 날 며칠을 싸우기도 한다. 그러나 목숨을 건 싸움에서는 실력보다도 한 번의 실수나 빈틈이 승패를 좌우하는 경우가 많다.

지금 풍진과 연화사태는 바로 그 한 번의 틈을 윤언강에게 내주고 말았다. 아니, 윤언강이 없는 틈을 만들어냈다고 해야 할까.

그래서 일격을 허용하고 만 것이다. 눈 한 번 깜박할 사이에 벌어진 일들이었다.

풍진은 잠시 숨을 골랐다.

'어쩌다 이리되었지?'

애초에 이번 대결에서 핵심은 당사등이었다. 그러니 윤언강이 당사등을 노릴 것은 확실했다.

연이은 실책으로 말미암아 가문에서 설 자리를 잃은 당사등은 심한 심리적 압박에 시달리다 독기가 골수에 스며들어 좋지 않은 몸이었다. 그것은 독공을 익힌 자의 어쩔 수 없는 운명이기도 했다.

때문에 스스로가 윤언강의 첫 표적이 될 것임을 알고 있었고, 한창 전성기인 윤언강의 공격을 저물어가는 중인 자신이 버텨내기 어렵다는 것도 알았다.

하나 윤언강이 자신을 공격하면 반드시 등 뒤로 빈틈이 생긴다. 제아무리 윤언강이라도 풍진의 혼신의 힘을 다한 일검을 등 뒤로 막아낼 수는 없다. 풍진이 실패해도 이어진 연화사태의 연검이 윤언강을 걸레짝으로 만들 수 있다.

그렇게 생각했다. 당사등은 자신이 독을 살포하는 데 성공하거나 살을 내주고 뼈를 취하는 심정으로 핵자정을 명중시키거나, 그도 저도 안 되면 자신을 미끼로 삼거나. 어떤 식으로든 윤언강은 민강의 고기밥이 되어 버릴 수밖에 없을 거라고 판단했던 것이다.

하지만 결과적으로는 실패다.

윤언강은 암암리에 음공으로 공격해 당사등의 최초의 공격을 늦춤과 동시에 우내십존의 반응 속도를 한 차례 빼앗았다. 우내십존 셋으로서는 절호의 기회를 놓친 셈이었다.

그 사이 송풍검의 쾌검 일식으로 전광석화처럼 당사등의 왼팔을 자르고 왼손 검결지로 매화검을 시전하여 반대편 팔까지 난자해 버렸다.

문제는 그 직후다.

무엇이 풍진과 연화사태를 한 차례 더 막아서서 윤언강을 위기에서 구해냈는가.

윤언강이 팔이 네 개가 아닌데 어떻게 앞뒤로 몇 번의 공격을 할 수 있는가.

풍진의 눈썹이 일그러졌다.

아차 싶었다.

"공명검이군……."

풍진의 중얼거림에 윤언강이 안타까운 얼굴로 대답했다.

"내가 말했지 않은가. 당해 보지도 않고 짠 계획이 얼마나 효용 가치가 있겠느냐고."

연화사태의 얼굴에도 그늘이 졌다.

"시(時)와 공(空)을 모두 무시하는구려. 실로 가공할 무공이외다. 아미타불……."

풍진과 연화사태는 막 윤언강이 당사등을 공격하고 있을 때 공명검을 맞이했다.

아무리 윤언강이지만 동시에 몇 개의 무공을 공명검과 같이 사용했을 것이라고는 생각할 수 없다. 그렇다면 윤언강이 공명검을 시전할 수 있던 때는 단 한 차례밖에 없다.

당사등을 향해 움직이기 전.

 공명검의 검기를 뿌려놓고 직후에 공력을 폭발시키며 당사등을 향해 달려들었다고 봐야 하는 셈이다.

 그것이 얼마나 적절했느냐 하면, 풍진에게는 거의 치명적인 한 수였다.

 풍진은 이미 일전에도 홍오와 일전을 겨루면서 격공장에 고스란히 약점을 노출한 적이 있었다.

 지금도 그때와 마찬가지다. 일검에 혼신의 힘을 다하기 때문에 그 사이에는 무방비나 마찬가지다. 공명검이 이미 그 자리에 뿌려져 있을 거라고 전혀 예측하지 못했고, 풍진은 가만히 있는 칼에 대놓고 달려가 부딪친 꼴이 되고 말았다. 상황이 워낙 긴박하게 흘러가 공력을 서로 폭발시킨 탓에 미세하게 느껴야 하는 기감마저 방해를 받았다.

 그나마 허리가 동강 나지 않은 걸 다행이라고 해야 할 처지였다.

 풍진과 연화사태는 새삼 윤언강의 철두철미함에 혀를 내둘렀다.

 삼 대 일의 상황을 아주 미세한 차이로 순차적인 일대일의 싸움으로 만든 윤언강의 실력은 칭찬할 수밖에 없는 것이었다.

 윤언강의 말대로, 윤언강이니까 가능한 일이다. 윤언강이 아닌 다른 자가 윤언강처럼 생각하고 움직였다 하더라도 윤언강이 아니었으면 성공할 수 없는 일이었다. 이미 그 전에 당사등의 혈자정에 이마를 꿰뚫리거나 풍진의 검에 목이 달아났거나 했을 터다.

"흠."

윤언강은 그제야 자신의 귀가 잘린 것을 안 듯했다. 축축하게 젖어가는 장포 윗자락을 담담하게 내려다보았다.

"둘을 베고 귀 하나를 내주었으니 이득을 본 셈인가?"

"명백한 이득이지."

풍진은 옆구리에서 피를 흘리는데도 클클대고 웃었다.

"하지만 덕분에 공명검을 직접 당해 보았으니 그리 아쉽진 않군."

윤언강이 가볍게 눈썹에 힘을 주었다.

"그런가? 내 생각에 자네들은 멀쩡한 공명검을 본 건 아닌 듯하네. 그럼 이제 제대로 정산을 해 보도록 하지."

윤언강은 바닥에 송풍검을 그대로 내리꽂았다.

콱!

그리고 검결지를 쥔 양손을 서로 교차하여 앞으로 들어 올렸다.

이루 말할 수 없는 스산한 살기가 낙산대불 앞을 휘감았다.

풍진은 기다리지 않았다. 앉아서 공명검에 당할 생각은 조금도 없었다. 도포가 터져나갈 듯 팽팽하게 공력을 끌어

올리고는 제자리에서 모든 살기와 함께 검기를 쏟아냈다.

쫘악!

몇 줄기의 검기가 파문을 그리며 윤언강을 통과해 뒤쪽 강물에 기다란 선을 그었고,

퍼—엉!

강물은 몇 장이나 폭발해서 치솟아올랐다.

연화사태도 철장과 연검을 동시에 휘두르며 사방 천지에 무시무시한 빛의 편린(片鱗)을 뿌려댔다. 빛의 편린은 윤언강의 호신강기를 마구 두들겼다. 윤언강의 주위에는 크고 작은 검흔과 산란된 빛으로 눈을 뜰 수 없을 지경이었다.

찌익.

윤언강의 뺨에 혈선이 생기고, 옷자락들이 쪼개져 나갔다. 그래도 윤언강은 조금의 표정 변화도 없이 무심하게 검결지를 그었다.

피와 검명과 조각난 검광들이 난무하는 가운데를 유유히 검결지가 뻗어 나갔다.

달무리를 뚫고 밝은 달이 완연하게 비추었다.

머잖아 곧.

수많은 동심원과 파문으로 요동치는 강물 위에 달빛으로 길게 늘어진 그림자들이 조각조각 흩어져 갔다……

*   *   *

―아 참, 태상이 말한 그 두 무재는 누구요? 나보다 뛰어나다는.

―아직도 기억하고 있었나?

―그땐 경황이 없어서 잊었던 거요.

―문주도 아마 짐작하고 있을 걸세.

―설마…… 소림사의 그 아이? 소림소마인지 뭔지 했던?

―그렇다네.

―음, 몹시 기분이 상하지만 인정하겠소. 약관도 되지 않은 나이에 그만한 성취를 이루었으니……. 그럼 두 번째는 누구요?

―실종된 것으로 알려진 검성의 막내 제자일세.

―문사명인가 하는?

―그렇다네.

―그건 좀 이해하기 어렵소. 내 비록 강호 견문이 넓진 않다 하나 문사명이란 자에 대한 얘기를 들어본 적이 없소. 딱히 뛰어난 두각을 나타낸 것도 아니었고 말이오.

―그야, 검성의 품 안에서 자라고 있었으니까. 검성의 품 안에서 누가 언감생심 검성의 이름을 찢고 두각을 나타낼 수 있겠는가.

―그런데 태상은 어떻게 아오?
―내게 자랑삼아 데려온 적이 있었다네.
―으음.
―생각해 보게. 검성의 제자가 된 문사명은 배분상으로 화산의 장문인과 같은 항렬일세. 실로 애매하지. 엄청난 반대가 있었는데도 불구하고 검성이 받아들인 이유가 무엇이었겠는가?
―그것만 봐도 확실히 범재는 아니었겠소.
―범재 정도가 아니지. 한 문파의 서열을 모두 무시할 정도의 인재였으니. 그런 인재를 제자로 받아들인 검성이 또 눈독을 들인 게 바로 장건이고.

장건이란 이름을 말하면서 태상의 눈빛이 잠시 추억을 회상하듯 희미해졌다.

―태상이 보기에 셋 중에 누가 가장 뛰어나오?
―현재로는 모두 햇병아리일세. 하나 장건이가 가장 앞서 있다 할 수 있지.
―그 말은…… 내 나이가 많아 그렇소?
―천재들에게 나이는 중요하지 않네. 천재는 스스로 생겨나지만 부화의 시기는 제각기 다른 법일세. 문주는 나를 만나면서 이제 막 부화의 날갯짓을

강호의 격변 285

폈고, 문사명은 잠력을 끌어올릴 계기를 찾지 못해 채 부화하지도 못하였네. 누가 가장 뛰어나느냐는, 머잖아 다가올 변혁의 시기를 얼마만큼 준비했느냐에 따라 그때에 결정될 것일세.

—정진하라는 말로 알아듣겠소. 그 날을 위해서.

—명확하네, 문주. 우리에겐…… 내겐 하루하루가 매우 소중하다네. 절대 오늘을 허투루 하지 말게.

고현은 태상의 말을 떠올리며 걸음을 걷고 있었다.

어두운 밤을 헤집듯 수많은 횃불들이 켜진 장원이 눈앞에 보였다.

"천룡검문이다!"

사람들의 외침이 들려왔다.

고현은 열린 장원의 문으로 거침없이 들어갔다. 수많은 사람들이 길을 열고 고현을 지켜보았다.

자신을 바라보는 중에는 두려워하는 사람도 있었고, 경외의 느낌으로 보는 사람도 있었다.

고현은 그런 시선들이 조금도 싫지 않았다. 오히려 자꾸만 사람들이 자신을 봐주길 원했다. 가슴속 가득 뿌듯한 느낌이 들었다.

그 험난한 수련을 끝내고 나와서 겪었던 허망함. 무엇을 위해 살아가야 할지도 모르면서 이리저리 치이고 살았던 세월.

그런 세월을 지금이나마 보상받는 느낌이 들었다.

'이제 시작이다.'

모든 사람들이 자신을 우러러보는 날까지.

그리고 태상이 말한 '그 날'이 올 때까지 자신의 행보는 멈추지 않을 것이었다.

"쌍월! 천룡검문의 고현이오! 어서 모습을 드러내시오!"

고현은 보무도 당당하게 가슴을 펴고 외쳤다.

제8장

장건의 첫 출근

강호가 다시 한 번 뒤집어졌다.

낙산대불의 대혈전.

사천 무림 대 천하제일인.

낙산대불의 현장은 완전히 초토화되어 있어서 그것만으로도 승부가 얼마나 치열했는지를 알 수 있었다.

승자는 누구인가? 사람들의 의견이 분분했다.

독선 당사등만 한 팔을 잃고 죽기 직전의 빈사 상태가 되어 발견되었을 뿐, 나머지 세 사람은 시체조차 찾을 수 없었다.

때문에 강호는 여전히 술렁거렸고, 검성의 광적(狂的)인 행보에 호사가들은 여러 이유를 들며 안줏거리로 삼았다.

하지만 여전히 밝혀진 것은 없었다. 매일 새로운 문파의 부상과 새로운 영웅담들이 오가는 속에서 우내십존의 활극(活劇)은 현실과는 약간 동떨어져 있을 수밖에 없는 것이었다.

그렇게 강호가 숨 가쁘게 돌아가고 있었고, 모두가 강호의 판도에 귀추를 주목하는 동안에도 정작 강호의 일에는 전혀 관심이 없는 이가 있었으니……

바로 장건이었다.

*   *   *

"으앗, 늦었다!"

오늘은 장건의 첫 출근 날이다.

장건에게는 단순히 누군가에게 무공을 가르치러 가는 정도의 의미만 있는 게 아니었다. 드디어 소림을 벗어나 새로운 세상으로 나아가고 있는 중이다.

떨리고 설레어서 밤에 잠을 못 이루다가 새벽녘에야 겨우 선잠이 들었다. 그러다 보니 먼 곳까지 가야 하는데도 평소보다 조금 더 늦게 깨 버렸다. 그나마도 소왕무가 깨워 주지 않았으면 완전히 늦을 뻔했다.

장건이 헐레벌떡 옷을 챙겨 입고 밖으로 나오니 원호를 비롯해서 속가제자 아이들과 몇몇 승려들이 장건을 기다리고 있었다.

장건은 식은땀까지 흘렸다.

"죄송합니다."

민망해서 고개를 꾸벅 숙였는데, 다들 웃고 있는 표정이다.

"인간적인 구석이 전혀 없는 건 아니었구나?"

"네?"

"아니다. 준비는 다 됐고?"

장건은 가벼운 행장을 소요매화검과 함께 등에 지었다.

"예. 필요한 건 대부분 그쪽에서 준다 해서 그냥 옷짐만 좀 챙겼어요. 어차피 저녁에 다시 올 거니까."

말하고 나니 배웅받는 게 쑥스러워졌다.

"저녁에 오는데 왜들 나오셨어요."

"그러게 말이다."

다들 헛웃음을 지었다.

공양간의 동자승이 장건에게 주먹밥 꾸러미를 건네주었다. 산문에서부터 꼬박 반 시진이 걸린다니 신경 써준 모양이다. 실제로는 산문이 아니라 소림사에서부터 출발해야 하는데, 긴 계단과 산길을 내려가야 하고 굉목 등과 동행해야 하는 까닭에 넉넉히 한 시진은 생각해야 할 터였다.

"내일부터는 들러서 가져가시래요."

"고맙습니다. 감사하다고 꼭 전해주세요."

소왕무와 대팔을 비롯한 속가제자 아이들이 장건을 응원했다.

"힘내!"

"나중에 혹시 높은 사람 눈에 띄어서 출세하게 되면 우리 무시하면 안 된다?"

장건은 다시 쑥스러워졌다.

"아이 참, 오늘 저녁에 또 볼 건데 왜들 그래."

"뭔가 대단하잖아. 중군도독부의 무공 교두님, 캬!"

원호가 끼어들었다.

"무림인이 관부와 얽힌다는 것도 그리 좋은 일은 아니니라. 그만들 하고. 그래, 사숙은 어디서 뵙기로 했느냐."

"마을 관도 어귀에서요. 지금 내려가면 아마 나와 계실 것 같아요."

"그럼 기다리시지 않게 빨리 출발하거라."

"예!"

장건은 꾸벅 인사했다가 다시 허둥지둥 합장하며 인사를 고쳤다.

"다녀오겠습니다!"

"잘 갔다 와!"

모두가 이른 새벽부터 기운차게 장건을 배웅해주었다. 그중에는 '사고 치지 말고!'란 말은 물론이고 '절대 술은 입에도 대지 마라.'란 원호의 전음도 섞여 있었다.

장건은 자기도 모르게 얼굴이 빨개져서는 육성으로 대답했다.

"네, 네!"

*   *   *

장건이 들뜬 마음을 안고 소림의 산문을 벗어나 마을 어귀에 도착했을 때에는 세 소녀들과 하연홍, 하분동, 그리고 구이남까지 모두 장건을 기다리고 있었다.

"늦어서 죄송합니다!"

장건이 헐레벌떡—실제로는 귀신처럼 미끄러지듯이—기다리던 사람들에게 달려갔지만, 아무도 장건에게 늦었다고 타박하지 않았다.

"어, 왔어?"

라고 건성으로 인사하는데 눈길들은 죄다 다른 데 가 있다. 장건이 무슨 일인가 해서 보니 거대한 마차가 서 있었다.

말 네 필이 끄는 사두마차였다. 여섯 필의 말이 끄는 마차는 황제만이 탈 수 있으므로 네 필이면 보통 권세가 아니다.

마차는 보통 볼 수 있는 것보다 훨씬 커서 대여섯 명이 타도 남을 만큼 큰데 지붕은 멋들어진 기와가 얹어져 있고 마차의 창문과 붉은색 외벽에는 금박의 네모난 문양들이 새겨져 있다.

누가 보아도 보통 마차가 아니라는 걸 알 수 있는데, 마차를 끄는 말들도 마찬가지다. 하나같이 갈기에 윤기가 좔좔 흐르며 보통 말보다 덩치가 훨씬 큰 순수한 흑마(黑馬)였던 것이다!

보는 순간 압도당할 지경의 마차였다.

한데 희한하게도 단순히 화려하기만 하다는 생각은 들지 않는다. 마치 권위 속에 부(富)를 숨기고 있는 느낌이다. 일부러 드러내지는 않으나 누구라도 이 마차는 아무나 탈 수 없다는 걸 느끼게 해 준다.

"이게 뭐예요? 누가 타고 왔지?"

다들 인사도 안 하고 마차만 보고 있으니 이상해서 장건이 물었다.

마차의 옆에는 마차의 느낌과 달리 화려한 비단옷을 입은 중년의 남자가 서 있었는데, 장건을 보고 다가와 꾸벅 인사를 했다.

"아, 누가 타고 온 게 아니라 아버님께서 보내신 마차입니다."

"……네에?"

장건은 오랜만에 듣는 아버지의 이름에 돌연 눈물이 핑 돌 뻔했다.

"근데 저는 마차 필요 없는데요."

"그래도 중군도독부의 무공 교두로 가시는데 격식에 어울리는 마차를 준비하라고 하셔서 지부에서 급히 준비했습니다. 혹시 마음에…… 안 드십니까?"

"아뇨. 그게 아니라……."

장건은 화려한 마차를 보니 차마 손발이 오글거려서 탈 수가 없었다. 그러나 그래도 부친이 생각해서 보낸 것인데 거절하기에도 애매했다.

하지만 다른 사람들은 달랐다.

나름대로 유복한 세가에서 자란 세 소녀들은 마차를 이리저리 뜯어보며 감탄을 금치 못하고 있었다.

"우와! 이것 좀 봐. 창문이 위쪽은 백엽창(百葉窓)이야. 이거 서역식이잖아?"

백엽창은 비늘살을 비스듬히 세워서 가로로 쭉 쌓아올린 형태의 창이다. 진법과 기문에 능한 제갈영은 마차의 구조를 훑어보고 있었다.

"네 개의 바퀴도 몇 개의 축으로 각각 돌아가게 되어 있네? 완전 최신식으로 만들었나 봐!"

백리연은 문을 열고 마차 안쪽을 보고 있었다.

"어쩜! 차양과 주렴에 달린 구슬이 전부 옥이야. 마차 내벽과 의자를 감싼 비단 자체도 굉장한 고급인데 하나하나 정교하게 금실로 수가 놓여 있어……."

양소은은 다른 걸 보았다. 검은색과 붉은색을 섞어 칠한 마차 외관에는 나무를 깎아 만든 조각들부터 청동 부조, 금박 문양 등이 섬세하게 자리하고 있었다. 특히나 마차 옆쪽 아래에 새겨진 시구를 보고는 더 혀를 내둘렀다.

"세상에, 이 시는 두보의 시인데 글씨는 당금 최고 명필인 관홍의 글씨 아냐? 금 백 냥을 주어도 글씨 한 점을 얻기 힘들다는……. 이걸 마차에다가 새긴 거야?"

제갈영과 백리연이 흠칫하며 양소은을 돌아보았다.

의심의 눈초리였다.

양소은은 뺨을 붉히면서 화를 냈다.

"야! 여기 낙관이 새겨져 있어! 나도 이름 정도는 안다고!"

하연홍만 그냥 가만히 꿀 먹은 벙어리가 되어 지켜볼 뿐이었다. 지금 대충 들은 것만 쳐도 이 마차의 가격은 상상할 수도 없는 수준일 것 같았다. 여태까지는 아무리 장건이 고수라 하더라도 그리 멀게 느끼지 않았는데 지금만큼은 엄청난 벽이 가로막은 기분이었다.

본래 장건의 부친이 어마어마한 부자였던 사실은 알고 있었지만, 그냥 알고 있는 것과 눈으로 본 것과는 또 다른 것이다.

하지만 나머지 세 소녀들은 전혀 그런 어색함을 느끼지 못하고 여전히 신나서 떠드는 중이었다. 제갈영은 대놓고

'우리 오라버니, 거지 아니었네? 돈 많다. 와!' 하고 신 나게 좋아하는데 하연홍은 그러지 못하고 있었다. 어쩔 수 없는 태생의 차이였다.

하분동은 풀 죽은 하연홍을 힐끗 쳐다보고는 속으로 낮은 침음성을 삼켰다. 불쌍하기도 하고 가련하기도 했다.

누구는 좋은 집안에서 태어나 모자란 것 없이 누리고 잘 살았는데, 하연홍은 자신이 그렇게 해주지 못한 데 대한 죄책감이 들었다.

하분동이 봇짐을 턱 하니 걸어 메고는 장건과 구이남에게 말했다.

"나는 걸어갈 테니, 너희들은 먼저 타고 가거라."

장건과 구이남이 동시에 '예?' 하고 되물었다. 특히나 구이남은 생전에 이런 마차를 처음 타 본다는 환상에 빠져 있어서 더 충격이 큰 얼굴이었다.

"아니, 형님? 지금 무슨 말씀이십니까? 왜 멀쩡한 마차를 두고 걸어간단 말씀이십니까?"

하분동은 냉막한 얼굴로 답했다.

"두 다리가 멀쩡한데 왜 사치를 부린단 말이냐."

"사두마차예요, 형님. 이거 타고 관도를 달리면 어지간한 경공보다 더 빨라요. 게다가 보세요. 얼마나 넓고 편하게 생겼어요? 안에서 구르고 자면서 가도 되겠는데요."

하분동이 인상을 썼다.

"그러니까 아우님만 타고 오라니까."

갑자기 분위기가 어색해졌다. 장건이야 이미 익숙한 일이지만 다른 사람들에게야 그렇진 않을 것이다.

왜 갑자기 멀쩡하던 노인이 고집을 피우는지 알 수 없을 터.

사실 장건도 이 화려하기 짝이 없는 마차를 타고 싶지는 않았다. 하지만 하분동은 몸이 좋지 않으니 타고 가도 되지 않을까 하는 생각은 하고 있던 중이었다.

"그러지 마시고, 형님. 솔직히 제가 경공이 좀 부족합니다. 내일부터 열심히 할 테니 오늘만이라도 타게 해 주십쇼."

구이남이 하분동을 보며 애원했다. 워낙 생김 자체는 근엄한 얼굴인데 말과 행동은 전혀 다른지라 네 소녀들은 희한한 느낌이었다.

운성방에서 나온 중년인이 말했다.

"출퇴근하신다지 않으셨습니까? 오늘만 타고 가시는 게 아니라 계속 타고 다니시면 됩니다."

구이남은 저도 모르게 '헉!' 소리를 냈다. 그에게는 경사에 가까운 호사다.

"형님!"

"저 말들을 어떻게 먹이면서 데리고 있겠느냐. 분에 넘치는 호의는 받지 않는 것이 옳다."

중년인이 웃으면서 다시 말했다.

"마부가 이 시간에 매일같이 모시러 나올 것입니다."

"형니임!"

거의 울상인 구이남을 내버려두곤 하분동이 팩 하고 옷자락을 떨쳤다. 하분동은 성큼 걸음을 옮겼다.

"먼저 간다."

내공은 없지만 경공술이 어느 정도는 가능한지라 느린 걸음은 아니었다. 상단에서 나온 중년인도 난처한 듯 어쩔 줄 몰랐다.

장건 역시 이도 저도 못하고 어쩔 줄 모르긴 마찬가지였는데, 문득 시선이 하연홍에게 가 닿았다. 하연홍은 어딘가 불편한 표정으로 아까부터 입을 다문 채였던 것이다.

장건이 하연홍의 기분을 다 알 수는 없었지만 하분동이 이렇게 혼자 가 버리면 하연홍이 더 걱정할 거라는 생각이 들었다.

'어떻게 하지?'

그때 갑자기 제갈영이 달려와서 장건의 소매를 붙들었다.

"오라버니! 우리 이거 타 보면 안 돼?"

"응?"

"영이, 이 마차 너무너무 타 보고 싶어."

백리연도 눈을 반짝반짝 빛내면서 함께 청했다.

"오늘만 같이 타고 출퇴근을 하면 안 될까요? 마차 때문이 아니더라도 장 소협이 일하는 곳을 가보고 싶어요."

그러나 누가 봐도 마차를 타고 싶어 하는 간절한 표정이었다.

아직 장건이 아무 말도 하지 않았는데 양소은은 한술 더 떴다.

"마차는 내가 몰겠어!"

더 생각할 것도 없이 장건은 좋은 생각이다 싶어 기의 가닥으로 짝 하고 손뼉을 쳤다.

정말 기가 막힌 일이지 않은가!

어디서 짝 소리가 났는지 몰라 구이남은 어리둥절하고 있는데 장건이 큰 소리로 말했다.

"그래! 다 같이 타고 가면 되겠네요. 연홍이까지, 다! 오늘은 함께 타고 가요!"

타고 싶지 않은 장건 혼자만 약간의 희생을 감수하면 되니 말이다.

벌써 몇 걸음이나 앞서 가 있던 하분동의 걸음이 멈췄다.

장건은 하연홍을 돌아보았다. 하연홍이 얼떨떨한 얼굴로 '내가?'란 표정을 짓고 있었다. 하지만 싫어하는 표정은 아니었다. 오히려 기대하는 느낌이었다.

눈치 빠른 중년인이 싱긋 웃으며 허리를 굽히고는 장건에게 조그만 목소리로 귀엣말을 했다.

"역시나 여자는 마차에 약한 법이지요. 아버님께서 남자는 마차가 있기 전과 후로 가치가 달라진다 하셨습니다. 그래서 일부러 최고급 마차를 보내신 것이지요."

"아하하······."

장건은 뭐라고 말해야 할지 몰라 어색하게 웃었다.

중년인이 손을 들어 마차를 가리켰다.

"자! 그럼 어서들 타시지요."

다들 마차에 뛰어들고 난리가 났다.

"와!"

"어머머. 이 의자 푹신한 거 좀 봐?"

"어허. 소저들 줄을 좀 서시오. 다 큰 처자들이······."

"뭐예요?"

"아, 아니외다. 참 보기 좋아서 그랬소이다. 허허허."

다들 난리가 났는데 하분동만 어색하게 멈춰 서서 돌아오지도 못하고 가만히 기다리고 있었다. 하연홍이 천천히 가서 하분동의 옷소매를 끌었다.

"타세요."

"흠, 흠흠."

하분동은 마지못하겠다는 듯 끌려왔다. 그 모습을 보고 장건은 몰래 흐뭇한 미소를 머금었다.

그렇게 첫 출근의 아침이 시작되었다.

*　　　*　　　*

소실산을 마주 보고 있는 태실산.

등봉현의 관청에서부터 북쪽으로 한참을 가면 태실산의 명소인 숭양 서원을 지나 동북쪽의 봉우리로 향하게 된다.

그중 인적이 드문 관도의 끄트머리쯤에 하나의 허름한 장원이 있는데, 본래 버려진 곳이었다가 이번에 새로 단장을 했다.

중군도독부의 무인들이 장건에게 무공을 배우기 위해 사용하게 되는 곳이다.

장원의 이름을 쓴 편액도 새로 걸었다.

충무원(忠武院).

큰 연무장 하나와 그보다 조금 더 작은 연무장 두 개를 가졌다. 다섯 채의 숙소와 사무를 보게 될 본청, 식당 등도 함께 있는데, 이곳에서 사십 명의 중군도독부 소속 무인들과 집사 한 명이 거주하게 된다.

장건의 출근 첫날, 이미 며칠 전부터 와 있던 무인들이 장원 밖으로 나와 교두를 기다리고 있었다.

한데 이게 웬일인가?

당금의 강호에서 사실상 가장 화젯거리인 이에게 무공을 배운다니 들뜨거나 기대해야 하는 얼굴이건만, 사십 명의 무인들에게서는 전혀 그런 표정을 찾아보기 힘들었다.

그저 아침 일찍 일어난 탓에 피곤하고 졸린 얼굴로 여기저기 앉아서 꾸벅꾸벅 졸 뿐이었다. 바짝 든 군기 같은 건 찾아볼 수도 없었다.

본래 보통의 무림 문파에서 무공을 지도하러 나온다고 해봐야 딱히 기대할 일은 되지 못한다. 자파의 비전 무공은 당연히 가르쳐 주지 않는다. 어느 문파에서나 가장 기초적으로 가르치는 무공 정도를 알려줄 뿐이다. 심지어 개중에는 관부에서 직접 고용한 무공 교두보다 못한 경우도 있다.

하지만 유명 문파의 초청 교두라면 조금 다르다. 배울 만한 가치가 있는 게, 평범한 무공을 가르칠지언정 문파의 명예를 생각해서라도 절대 허술하게는 가르치지 않기 때문이다.

똑같은 초식이라도 거대 문파와 중소 문파의 해석은 깊이가 다르고, 당연히 가르치는 형태도 조금이나마 달라지는 것이다.

그러니 예를 들어 소림사에서 무공 교두가 나온다고 하면 지원자들이 수두룩하게 몰려든다. 그래야 정상이다.

하지만 이번엔 상황이 좀 달랐다.

애초에 목적 자체가 '무공 수련'이 아니다.

장건을 유배에 가깝게 처박아 두기 위한 장치에 불과했다. 그러니 괜히 열성적으로 배울 만한 무인들을 데려와 함께 처박아 둘 필요가 없었다. 열심히 가르치고 배워서 끈끈한 유대감이 생긴다거나 하는 등의 영향력이 생기는 것도 원치 않았다.

때문에 그야말로 대충 머릿수만 채워서 보낸 형국이었다.

무공을 배우기 위한 수련자들은 모여 있으나 정말로 무공을 배우기 위해서 모인 것이 아니었다. 적당히 시간이나 때우는 게으른 자들을 보내 전승자의 의욕까지 꺾어 버리면 더 좋을 것, 이라는 게 윗사람들의 뜻이었다.

모인 이들은 대체로 관원이 되기 전에 약간의 무술을 배웠다거나 한 정도이긴 했으나 아예 무공을 배우지 않은 자도 섞여 있었다. 겨우 문지기 정도나 하던 자도 있었고 순찰을 돌던 자, 옥을 지키던 자, 심지어는 식재료를 다듬던 자도 있었다. 강호 무림에 아예 관심이 없는 이들도 허다했다.

말이 무인이지 무인이라기보다는 그냥 평범한 관병 중에서 차출한 것이었고, 한마디로 말하자면 그냥 어중이떠중이 그 자체였다.

그러다 보니 자그마치 소림에서 무공 교두가 찾아온다 하는데도 제대로 된 기강을 기대하기는 힘들 수밖에…….

아침 해가 뜨고.

장원 정문의 옆 기둥에 기대 잠을 자고 있던 남자가 기지개를 켜며 말했다.

"후아암! 도대체 교두는 언제 오는 거야. 왜 이리 늦어?"

다른 남자들이 잠이 덜 깬 목소리로 대꾸했다.

"뭐, 늦게 오면 우리야 좋지."

"그래 봐야 겨우 조금 차이야. 조금 더 잔다고 뭐 나아지 겠냐?"

며칠 전부터 와 있던 탓에 그래도 서로 친해진 이들이 몇몇 보였다.

수염이 덥수룩하고 인상이 험상궂은 퉁퉁한 덩치의 남자가 침을 뱉으며 말했다.

"이런 니이미, 귀찮아 죽겠네. 잘 살고 있는 사람을 왜 이런 데 불러놓는 거야?"

옆에서 가느다란 인상의 남자가 킬킬거렸다.

"그러고 보니 노형은 홍등가 순시를 돌았다면서?"

"아, 말도 마. 하룻밤 대충 술 한잔 걸치고 쓰윽 돌면 주머니가 아주 그득해졌다고. 제기럴, 상납도 내가 제일 열심히 했을걸? 그런데 배은망덕한 놈들이 날 이런 데로 보내?"

"뭐, 인생 너무 낙담하지 마. 누가 알아? 여기서 한 수 제대로 배우고 가면 거기 파락호들 데리고 대형 노릇 좀 할 수 있을지."

"한 수 좋아하네."

험상궂은 덩치의 남자가 슬쩍 고개를 빼서 관도를 살펴

보고는 약간 언성을 낮춰 말했다.

"상식적으로 생각을 해 봐라. 우리 같은 놈들 가르치겠다고 소림사의 속가제자가 온다는 게 말이 되냐? 여기 주먹질할 줄 아는 놈이나 있어?"

다른 남자들도 대화에 끼어들기 시작했다.

"그렇긴 하지. 날고 기는 애들도 잔뜩인데 하필 우리를 뽑아올 이유가 없지."

약간 비리비리하게 생긴 서생 같은 남자가 말했다.

"난 솔직히 무공은커녕 창도 한 번 못 잡아 봤소. 현청에서 수납계에 있다 왔거든."

"뭐야. 먹물 먹다 온 샌님도 있던 거야?"

다른 남자가 말했다.

"저는 관병에 지원해서 뽑힌 지 하루밖에 안 됐걸랑요? 근데 여기로 발령 났잖아요. 전 직급 순서도 잘 몰라요. 아 저씬 직급이 뭐예요?"

"어이구, 갈수록 가관이네. 이거 진짜 온갖 잡졸들은 다 모아놨구만?"

개중에서 제법 각이 잡힌 젊은 청년이 말했다.

"거 잘들 모르시는 모양인데 우리 가르치러 오는 사람이 보통 사람이 아니라 하더이다."

"뭐? 저 애송이가 지금 뭐라는 거냐?"

"내가 무림에 관심이 좀 있어서 아는데, 소림소마라고

들어봤수?"

대부분은 몰랐고 몇몇은 알았다.

"나도 생긴 건 모르는데 우내십존도 찜쪄먹는다는 고수라오. 그러니까 어떻게 보면 우리한테는 평생에 한 번 올까 말까 한 기회가 온 거요."

남자들 몇은 그 말에 고개를 끄덕이기도 했지만 험상궂은 털보 남자는 그렇지 않았다.

"마, 핏덩이. 너는 머리가 장식이냐? 우내십존을 찜쪄먹는 고수면 사람들이 우내십일존이라 그러지, 우내십존이라 그러냐? 그리고 우내십존을 찜쪄먹는 고수가 뭐 할 일 있다고 이런 구석탱이에 와 교두질을 해. 저걸 봐라. 너는 저걸 보고도 가르치러 온다는 게 말이 된다고 생각하냐?"

털보 남자가 가리킨 곳에는 백발이 성성한 노인이 있었다. 노인은 반쯤 꾸벅꾸벅 졸다가 고개를 들었다.

"내가 뭐? 나도 억울한 사람이야, 이놈들아. 나 내년에 퇴직인데 여기 가라고 해서 억지로 끌려왔어."

노인은 황토색의 단색 무복 상의를 이상한 듯 매만졌다.

"얼어 뒈질. 내 평생에 가슴에 포(捕)자 쓰인 옷만 입고 살다가 이런 가당찮은 옷을 입게 될 줄 꿈에도 몰랐네."

남자들은 와 하고 웃었다.

황토색의 무복을 마음에 들지 않는다는 듯 만지던 노인이 문득 옆을 보았다.

키도 별로 크지 않고 피죽도 제대로 못 먹었는지 약간 마른 체구의 소년이 있었다.

노인이 혀를 찼다.

"쯧쯧. 넌 어디서 왔기에 피죽도 못 먹고 바짝 꼴아 있냐?"

바짝 마른 정도까지는 아니었지만 그래도 못 먹은 티가 역력하니 안타까운 마음에 한 말이었다.

그래도 생긴 거에 비해 심성은 착한지 소년은 멋쩍게 웃었다.

"아, 그게요……."

남자들이 소년을 보고 불쌍한 마음이 들었는지 한마디씩을 했다.

"그러고 보니 저기 어디야, 진강인가 어딘가에 가뭄이 들어서 다들 배를 곯는다던데 거기서 온 거 아냐?"

"거 참, 아무리 그래도 애들은 굶기지 말아야지. 먹일 건 먹이고 해야 할 거 아냐. 명색이 관원인데."

소년이 웃으면서 대답했다.

"저 잘 먹는데요."

"마, 거짓말 마. 네 얼굴에 다 쓰여 있다."

"네? 정말요?"

소년이 놀란 표정을 지었는데 표정만 그렇고 몸은 하나도 움직이지 않는다. 어딘가 모르게 몸이 굳어 있어 이상해 보였다.

"쯧. 하도 못 먹어서 애가 뼈만 남았나 보네. 뭐가 이리 놀라는 게 엉성하냐."

"하하……."

남자들은 소년을 보면서 안타까운 마음도 가졌지만, 한편으로는 어이가 없었다.

자신들이 생각해도 진짜 이상하다. 솜털이 보송한 십 대 후반부터 육십 대까지, 나이는 물론이고 온갖 부서에서 다 모였다. 도대체 이런 목불인견의 어중이떠중이들을 모아 놓고 무얼 할 셈인가?

처음 소림소마를 아느냐고 물었던 젊은 청년조차 민망해진 얼굴이었다.

그때 누군가 소리쳤다.

"온다!"

남자들은 귀찮은 얼굴로 주섬주섬 엉덩이의 흙을 털면서 일어나다가 굳어 버린 듯 멈칫했다.

쿠구구구구구구.

지축을 울리는 말발굽 소리와 함께 네 마리의 거대한 흑마가 이끄는 마차가 관도를 달려오고 있었다.

한눈에도 매우 값비싸 보이는 마차였다. 이들이 평생 녹봉을 모아봐야 바퀴 하나나 살 수 있을까 말까 한 정도의.

남자들은 순식간에 기가 죽었다. 그래도 관원이라고 목

에 힘주고 다닐 때도 있었는데 지금은 도저히 그런 배짱을 부릴 수가 없었다.

게다가 앞서 마차를 모는 젊은 여인네를 보고는 저도 모르게 입이 벌려졌다.

"워워!"

여인네는 마차의 본체보다 약간 낮은 마부석에서 앉지도 않고 선 채 힘차게 고삐를 틀어 당기는데, 땀으로 흠뻑 젖어 드러난 몸매가 일품이었다. 여자답지 않게 단단한 근육과 검게 탄 피부가 약간 아쉬웠으나 미모 또한 어디 빠지지 않았다.

남자들이 놀라서 수군거렸다.

"무, 무슨 마부가 저렇게 예뻐?"

"그러게……. 아니, 잠깐? 저런 여자가 마부라고?"

"비싼 기생집에 가도 저 정도의 여자는 보기 힘든데?"

남자들은 스스로 말하고 스스로 경악했다.

저런 미모와 힘(?)을 겸비한 여자를 한낱 마부로 쓰다니! 대체 소림사에서 온 무공 교두는 누구란 말인가!

누군가 또 의문을 제기했다.

"어? 이봐들? 뭔가 이상한데? 소림사에서 왔는데 어떻게 마부가 여자로……."

"듣고 보니 그러네!"

남자들은 도무지 정신을 차릴 수가 없었다. 생각했던 것보다 더 대단한 사람일지도 모른다는 느낌이 들었다.

덜컹, 덜컹.

마차가 장원의 앞에 와서 섰다. 미모의 마부가 마차 위를 탕탕 쳤다.

"다 왔어요! 내려요!"

이윽고 마차의 문이 열렸다.

남자들은 바싹 긴장했다.

"와, 여기가 오라버니의 직장이구나?"

"어머, 많이들 마중 나오셨네?"

발랄한 목소리와 함께 소녀들이 모습을 드러냈다. 갓 사춘기에 들어선 듯한 어린 소녀와 십 대 후반으로 보이는 소저 둘.

남자들은 입을 쩍 벌렸다. 그중에서도 한 명의 소저를 보고는 눈이 돌아가는 것 같았다.

미인도에나 나올 법한 소저.

피부는 백옥처럼 희고 입술은 앵두처럼 빨갛고 도톰하다. 미모는 그야말로 천하절색이며 깡마르지도 않았으면서 나올 곳은 풍성하고 들어갈 곳은 잘록하다. 어디 하나 마음에 들지 않는 곳이 없었다.

가늘게 눈웃음을 치는 걸 본 순간 심장이 입으로 튀어나올 것 같이 뛴다. 딴 거 안 보아도 좋으니 그냥 이대로 눈에 보이는 광경을 고정시켜서 평생 담아 두었으면 좋을 거라는 생각마저 든다.

　나머지 소녀들 또한—마부까지 포함해서— 미색이 곱긴 하나 천하절색의 소저에 비할 바가 아니었다.

　소녀들이 다 내릴 때까지 남자들은 정신을 못 차리고 있었다. 그런 그들을 굵직한 목소리 하나가 일깨웠다.

　"어흠!"

　환상을 깨는 헛기침에 남자들이 약간의 짜증을 담고 쳐다보았다. 소녀들에 이어 근엄한 표정의 중년인이 마차를 나오고 있었다.

　기품이 흐르고 눈빛이 강렬하여 한눈에 보기에도 대단한 무인인 것을 알 수 있었다. 무인이 아니었대도 한 성의 유명한 장수 정도는 되었을 법한 위엄이 돋보였다.

　'저분이 오라버니?'

　'설마……'

　중년인은 마차를 나와 섰다. 뒤이어 마차 안에서 깡마르고 신경질적인 인상의 노인이 걸어 나왔다. 보기만 해도 갑갑스러울 정도의 깐깐함이 느껴졌다.

　남자들은 노인의 눈빛을 보고 흠칫 놀랐다. 살기등등한 눈빛이라고 해야 할까? 말로만 듣던 잘 벼려진 칼 같은 느낌의 눈빛이랄까? 게다가 나이답지 않게 벌어진 어깨를 보면 위압감마저 느껴지는 것이었다.

　먼저 나온 중년인이 노인에게 공손히 허리를 굽혔다. 남자들은 얼떨결에 더불어 허리를 굽히고 함께 인사했다. 어쨌거나 저런 대단한 사람들이 줄줄 나오고 있으니 다리가 다 떨려서 서 있기도 힘들 지경이었다.

'저 노인이 소림소마?'

'소마라고 하기엔 좀…….'

한데 아직 끝나지 않은 모양이다.

중년인과 노인, 소녀들은 누군가를 기다리며 얘기를 나누고 있었다.

"아직 안 왔나?"

"그냥 같이 타고 왔으면 좋았을걸."

"간질 걸린 것처럼 안절부절못하는데 어떡해. 할 수 없지."

그때 누군가 외쳤다.

"저 여기 와 있어요."

소녀들이 먼저 그를 발견했다.

"앗, 오라버니!"

"벌써 왔네요?"

남자들은 알 수 없는 불길함에 등골이 서늘해졌다. 방금의 목소리는 남자들이 서 있는 중에서 흘러나왔기 때문이다.

자연스럽게 남자들이 좌우로 갈라졌다.

갈라지고 남은 곳에는 아까의 그 못 먹어서 마른 소년이 어딘가 모르게 불편한 자세로 딱딱하게 서 있었다.

꿀꺽.

누구라고 할 것도 없이 마른침을 삼켰다.

그러나 거기에서 더 황당한 일이 벌어졌다.

잔뜩 위엄 있게 남자들을 바라보던 중년인이 마른 소년을 보고 넙죽 허리를 굽혔던 것이다.

"오셨군요, 대형!"

소년이 대답했다.

"아, 네. 전 좀 전에 왔어요."

남자들은 그대로 굳었다.

"……."

"……."

설상가상, 눈빛만으로 사람을 잡아먹을 것 같던 노인도 소년을 보고 살짝 고개를 끄덕이며 인사를 하는 것이었다.

"오셨소, 사형."

"예, 사제님."

남자들은 그 순간 어찌해야 할지 몰라 소년을 쳐다보았다.

소년은 사람들의 시선이 와 닿자 뺨이 발갛게 되며 어색하게 웃었다.

"미리 말씀드리려 했는데 미처 못 했어요. 안녕하세요. 제가 오늘 오기로 한 무공 교두예요."

그때 소년이 자꾸만 시선을 좌측으로 돌린다. 그러다가 기어이 못 참겠다는 듯이 움직였는데, 그 동작이 신출귀몰했다. 남자들은 소년이 어떻게 움직였는지도 보지 못했다.

그런데 다음 순간에 보니 소년의 손에는 방금까지 장원대문 옆에 유독 덩그러니 박혀 있던 말뚝 하나가 들려 있었다. 사람 다리만 한 길이의 말뚝인데 보수 공사를 하고 나서 뽑지 않고 내버려둔 것이었다.

"아하하……. 죄송해요. 제가 이런 걸 보면 못 참아서요."

남자들은 눈을 끔벅거렸다.

"저거…… 쓰러진 대문 기둥 세운다고 밧줄 잡아매던 거 아냐……. 머리까지 다 박혀 있던 건데……."

거짓말이 아니었다. 소년이 들고 있는 말뚝은 뾰족한 부위부터 머리까지 흙이 묻어 있는 그대로였다.

"저걸…… 손으로 뽑아왔어?"

보고 있던 남자들은 소름이 쭉 끼쳤다.

그때 우연찮게도 누군가가 귀신에 홀린 것처럼 읊조렸다.

"소마(少魔)……."

왜 소마귀라는 뜻의 별호가 붙었는지 모른다. 그러나 별호에 마(魔)가 붙은 건 이유가 있을 것이다.

수많은 미녀를 거느리고 다니며 천하의 대마두를 동생으

로 데리고 다니는…… 그런 이야기들.

어디선가 들어본 것 같지 않은가?

마음에 안 들면 사람의 팔 하나쯤 그냥 쑥 뽑아 버리는.

바로 저 말뚝처럼.

'흐어억!'

먼저 시작한 게 누구인지는 알 수 없었다.

시킨 것도 아닌데 남자들은 넙죽 엎드리기 시작했다. 완전히 머리를 땅에 붙이고 오체투지를 했다.

그리고 무슨 말을 해야 할까 망설이는 중에 한 명이 외쳤다.

"어서 오십시오!"

그러자 남자들 모두가 온 성심을 다해 함께 외쳤다.

"어서 오십시오—!"

잠깐 당황하던 소년이 합장하며 인사를 받았다.

"아…… 환영해주셔서 감사합니다."

뻘쭘해하는 소년의 머리카락이 저 혼자 손으로 긁는 것처럼 들썩였다.

남자들은 한참 동안이나 고개를 들지 못했고 소년은 머쓱하게 웃으면서 머리를 긁고 있을 따름이었다.

그리고 그것을 지켜보다가 배꼽이 빠질까 웃음을 참는 소녀들.

어색하게 선 노인과 뿌듯하게 가슴을 내밀고 선 중년인.

모두가 저마다의 기대와 생각을 품고 그렇게 첫날을 맞이하고 있었다.

봄.
누군가의 평범한 일상이 다른 누군가에게는 상상도 못할 특이한 삶이듯이, 평범을 바랐던 소년이 자신만의 일상에서 벗어나 처음으로 자신 밖 세계의 평범과 마주치기 시작한 계절.
강호의 격동이나 무림의 위기 같은 건 전혀 생각할 수 없는, 열일곱 소년만의 세계가 펼쳐지는 계절.
온 세상에 만연한 따뜻한 햇빛.
어느새 나뭇가지에도 새싹이 돋아나고 있었다.

〈다음 권에 계속〉

작가 트위터 : twitter.com/sinier777

DREAMBOOKS

DREAMBOOKS

DREAMBOOKS

DREAMBOOKS